국어 교과서 작품 읽기

고등 수필·비문학

국어 교과서 작품 읽기: 고등 수필·비문학

초판 1쇄 발행 • 2010년 11월 22일
개정판 1쇄 발행 • 2013년 11월 25일
개정2판 1쇄 발행 • 2017년 12월 27일
최신 개정판 1쇄 발행 • 2024년 12월 20일

엮은이 • 김선형 조인혜
펴낸이 • 염종선
책임편집 • 정편집실 김도연
조판 • 한향림
펴낸곳 • (주)창비
등록 • 1986년 8월 5일 제85호
주소 • 10881 경기도 파주시 회동길 184
전화 • 031-955-3333
팩스 • 영업 031-955-3399 편집 031-955-3400
홈페이지 • www.changbi.com
전자우편 • ya@changbi.com

ⓒ (주)창비 2024
ISBN 978-89-364-3150-1 44810
ISBN 978-89-364-3146-4 (전4권)

국어 교과서 작품 읽기

고등 수필·비문학

김선형 · 조인혜 엮음

창비

'국어 교과서 작품 읽기'
최신 개정판을 펴내며

　문학을 한 글자로 정의해야 한다면 '삶'이라 답할 수 있습니다. '시'에서는 화자가, '소설'에서는 서술자가, '수필'에서는 글쓴이가 직접 누군가의 삶을 들려주지요. 4차 산업혁명이라 불리는 시대를 따라가기도 벅찬데, 문학이 무슨 소용이냐고 말하는 이가 있습니다. 하지만 어떠한 혁명이나 기술에도 그 중심에는 '인간'이 있습니다. 심심하면 인공 지능과 대화를 나눌 수 있는 세상이 왔다고 하지만, 삶을 깊이 논할 친구를 만나는 기회는 여전히 귀합니다. 소셜 미디어를 통해 엿보는 여러 삶의 단편들은 때로 우리를 초라하게 만들지만, 문학은 타인의 삶을 더 깊이, 제대로 들여다보게 합니다. 갈래별 특성과 표현 방식을 이해하고 작품을 읽다 보면 거울처럼 나의 삶이 보이기도 합니다. 삶을 다루는 문학은 인간에 대한 이해와 공감을 불러일으키고, 더 나아가 사회와 역사를 보는 안목을 기르게 도와줍니다.

　문해력 저하를 걱정하는 보도가 연일 이어지고 있습니다. 의식과 문화는 초고속으로 변하는데 여전히 어려운 한자어로 소통하는 기성세대가 문제다, 스마트 기기를 지나치게 많이 사용하는 청소년들이 문제다 하는 식으로 진단도 다양합니다. 해법은 어떤가요? 독서 습관 개선하기, 난도 높은 책 읽기, 한자 공부하기 등 여러 의견이 제시되지만 일관되게 적용하기란 어렵습니다. '글을 읽고 이해하는 능력'을 뜻하는 문해력은 단지 어휘력만을 뜻하지는 않습니다. 나무를 따로따로 보는 것이 아니라 숲 전체를 조망하는 능력이지요. 그러니 맥락이나 상황을 종합적으로 파악하는 훈련을 통해 차근차근 향상되는 것입니다. '국어 교과서 작품 읽기' 시리즈는 교과서에 실린 좋은 글들을 통해 학생들이 문학에 더 친근히 다가서고 문해력을 향상할 수 있도록 이끕니다.

　'2022 개정 교육과정'이 시행됨에 따라 고등학교 국어 교과서가 『공통국어1』과 『공통국어2』로 개편되었습니다. 학기별로 학점을 이수하는 '고교 학점제'가 도입되면서 고등학교 학생들은 다양한 선택 과목을 통해 국어 학점을 이수하는데, 공통국어는 여전히 선택이 아닌 필수로 배우게 됩니다. '국어 교과서 작품 읽기' 최신 개정판은 새로 바뀐 공통국어 9종 교과서 총 18권에 실린 작품을 시, 소설, 수필·비문학으로 나누고 고등학생 수준에서 스스로 읽으며 재미를 느낄 수 있는 작품을 가려 뽑았습니다. 새 교육과정에 따른 성취 기준에 도달하도록 이끄는 도움 글, 작품마다 꼼꼼하게 붙인 단어 풀이, 내용 이해를 점검하는 활동과 창의력을 펼칠 수 있는 적용 활동, 작품의 맥락을 통해 문해력을 향상시키는 활동 등으로 구성했습니다. 새로 개정된 '국어 교과서 작품 읽기' 시리즈가 자양분이 되어 여러분이 튼튼한 나무로, 풍성한 숲으로 성장하기를 소망합니다.

『국어 교과서 작품 읽기: 고등 수필·비문학』에서는 여러분과 함께 읽고 싶은 수필과 비문학 산문을 엮어서 소개합니다. 교과서에 실린 글은 오래도록 읽히기 때문에 자칫 고리타분하다거나 시대에 뒤떨어진다고 생각하기 쉽습니다. 하지만 학습이라는 틀에 얽매이지 않는다면 독서의 깊이와 감동의 정도가 달라질 거예요. 이 책에는 시간이 흘러도 변함없이 울림을 주는 글, 삶에서 꼭 생각해 봐야 할 성찰을 담은 글, 우리가 발 딛고 있는 시대와 사회에 대해 고민해 보는 글을 모았습니다.

수필을 실은 1부는 소통하는 삶, 생태와 삶, 성찰하는 삶, 더불어 사는 삶이라는 네 마당으로 구성했습니다. 학생들이 낯설어하는 고전 수필도 담아, 오늘날까지 생생하게 다가오는 고전 문학의 생명력을 함께 느끼고자 했습니다. 비문학 글은 학생들이 특히 어렵고 까다롭게 여기는 부분입니다. 이 책의 2부는 인문·예술, 사회·문화, 과학·기술, 매체라는 네 마당으로 구성해, 비문학 글을 주제별로 엮어 흥미롭게 소개합니다. 여기에는 인문학의 위기, 문해력 저하, 기후 위기와 생태, 인공 지능, 미디어의 활용 등 우리 사회에서 뜨겁게 고민하는 다양한 문제들이 담겨 있습니다. 변화하는 시대에 당면한 문제를 탐색하고 고민하며, 나아가 의미 있는 실천을 하는 데 도움이 되었으면 합니다.

각 마당에는 '작품 이해'를 두어 글의 내용을 다시 한번 톺아보고 그 의미를 살핍니다. 이는 글을 더 깊이 이해하는 데 도움을 주는 매개일 뿐 작품에 대한 고정된 해설이나 정답은 아닙니다. 여러분이 직접 풀어 볼 수 있는 활동 문제도 마찬가지예요. 활동에 참여하며 답을 맞혔는지 아닌지에 연연하기보다 생각의 폭과 깊이를 더해 가기를 바랍니다. 더불어 각 부의 마지막에는 문해력 향상에 도움이 되는 활동을 실었습니다. 이를 통해 어휘를 익히고, 사회 문화적 맥락에서 글을 이해하고, 의미를 재구성해 볼 수 있습니다.

이 책에 실린 수필과 비문학 글들이 여러분이 살아갈 힘을 다지는 디딤돌이 되기를 바랍니다. 눈길이 오래 머무는 글이 있다면 한동안 멈추어 읽고, 글쓴이의 다른 책이나 같은 주제를 다룬 책으로 독서를 확장해 보아도 좋습니다. 그렇게 다양한 글, 다채로운 삶의 모습을 접하며 살아가는 힘을 다져 가기 바랍니다.

2024년 12월

김선형 조인혜

차례

'국어 교과서 작품 읽기' 개정3판을 펴내며   4

1부

첫째 마당   소통하는 삶

• 박준   어떤 말은 죽지 않는다   15
• 정여울   우리에겐 꿈을 쉽게 포기하는 버릇이 있다   17
• 정혜윤   삶의 발명   23

＊작품 이해│활동   31

둘째 마당 ● 생태와 삶

• 나희덕   풀 비린내에 대하여   34
• 이태준   화단   38
• 박완서   죽은 새를 위하여   42
• 최원형   아무것도 사지 않는 날   48

＊작품 이해│활동   53

셋째 마당 ● 성찰하는 삶

• 홍민지	하기 싫은 일과 하고 싶은 일은 모두 한통속이다	57
• 정재승	나만의 지도를 그리는 법	63
• 공선옥	그 시절 우리들의 집	71
• 장대익	고래를 춤추게 하는 것은	76
• 정약용	수오재기(守吾齋記)	82

✱ 작품 이해 | 활동　86

넷째 마당 ● 더불어 사는 삶

• 김금희	선의를 믿는 것의 어려움	90
• 이슬아	당연하지 않은 부모	93
• 이호준	양곡 창고, 예술의 산실로 변신하다	96
• 공선옥	말을 걸어 봐요	101

✱ 작품 이해 | 활동　106
✱ 문해력 키우기　111

2부

첫째 마당 ● 인문·예술

• 김민섭 어느 시대에든 인문학은 필요하다   115
• 이동진 영화 「업」 비평문   121
• 송길영 10년 후, 다시 부끄럽기를   126
• 박찬국 참된 친구란 무엇일까요   131

✱ 작품 이해 | 활동   135

둘째 마당 ● 사회·문화

• 신지영 언어의 높이뛰기   139
• 장대익 공감의 반경   145
• 장은수 책을 왜 같이 읽는가   152
• 정지우 문해력 위기의 또 다른 배경   157
• 고봉준 인간은 동물의 동반자가 될 수 있을까   161

✱ 작품 이해 | 활동   169

셋째 마당 ● 과학·기술

- 김상욱　　인간의 뇌와 인공 지능　　　　　　　　　　　175
- 신상규　　인공 지능 로봇의 도덕적 지위　　　　　　　　180
- 김대식　　인공 지능과 친구가 될 수 있을까　　　　　　190
- 최선주　　예술하는 인공 지능　　　　　　　　　　　　194
- 남성현　　더워진 지구에서 가장 위험한 것은 무엇일까　　199
- 홍종호　　탈탄소 경쟁력이 국가 경쟁력이 되는 시대　　207

✳ 작품 이해 | 활동　　　　　　　　　　　　　　　　212

넷째 마당 ● 매체

- 이정희　　슬기로운 엠비티아이(MBTI) 사용법　　　　218
- 윤여탁 외　매체와 소통 문화의 변화　　　　　　　　　224
- 김수아　　사회 참여와 인터넷 문화　　　　　　　　　228
- 조병영　　가짜를 판별하는 능력 기르기　　　　　　　231

✳ 작품 이해 | 활동　　　　　　　　　　　　　　　　238
✳ 문해력 키우기　　　　　　　　　　　　　　　　　243

　　　　작가 소개　　　　　　　　　　　　　　　　245
　　　　작품 출처　　　　　　　　　　　　　　　　250
　　　　수록 교과서 보기　　　　　　　　　　　　　252

일러두기

1. '2022 개정 교육과정'에 따른 고등학교 검정 교과서 9종 『공통국어』 1, 2에 수록된 수필과 비문학 산문 중에서 35편을 가려 뽑아 수록하였습니다.

2. 단행본에 실린 글을 저본으로 삼았고, 비문학 산문의 일부는 집필진이 손질한 교과서 수록 글을 저본으로 삼았습니다.

3. 한자는 모두 한글로 바꾸고 꼭 필요한 경우에만 괄호 안에 넣었습니다.

4. 본문 아래쪽에 낱말 풀이를 달았습니다.

5. 활동의 예시 답안은 창비 홈페이지(www.changbi.com)의 '도서 > 자료실 > 어린이 청소년 자료실'에 있습니다.

1부

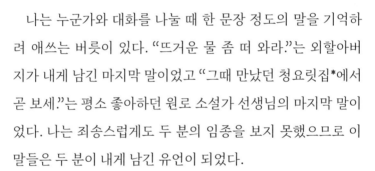

어떤 말은 죽지 않는다

박
준

　나는 누군가와 대화를 나눌 때 한 문장 정도의 말을 기억하려 애쓰는 버릇이 있다. "뜨거운 물 좀 떠 와라."는 외할아버지가 내게 남긴 마지막 말이었고 "그때 만났던 청요릿집*에서 곧 보세."는 평소 좋아하던 원로 소설가 선생님의 마지막 말이었다. 나는 죄송스럽게도 두 분의 임종을 보지 못했으므로 이 말들은 두 분이 내게 남긴 유언이 되었다.

　먼저 죽은 이들의 말이 아니더라도 나는 기억해 두고 있는 말이 많다. "다음 만날 때에는 네가 좋아하는 종로에서 보자." 라는 말은 분당의 어느 거리에서 헤어진 오래전 애인의 말이었고 "요즘 충무로에는 영화가 없어."는 이제는 연이 다해 자연스레 멀어진 전 직장 동료의 마지막 말이었다.

---

* **청요릿집** 중국요릿집. 청요리는 청나라의 요리라는 뜻으로, '중국요리'를 달리 이르는 말.

이제 나는 그들을 만나지 않을 것이고 혹 거리에서 스친다고 하더라도 아마 짧은 눈빛으로 인사 정도를 하며 멀어질 것이다. 그러니 이 말들 역시 그들의 유언이 된 셈이다.

역으로 나는 타인에게 별생각 없이 건넨 말이 내가 그들에게 남긴 유언이 될 수 있다고 믿는다. 그래서 같은 말이라도 조금 따뜻하고 예쁘게 하려 노력하는 편이다.

하지만 쉬운 일이 아니다. 오늘만 하더라도 아침 업무 회의 시간에 '전략', '전멸'같이 알고 보면 끔찍한 뜻의 전쟁 용어들을 아무렇지도 않게 썼고 점심에는 식당에서 우연히 만난 지인에게 "언제 밥 먹자."라는 진부한 말을 했으며 저녁부터는 혼자 있느라 누군가에게 말을 할 기회가 없었다.

말은 사람의 입에서 태어났다가 사람의 귀에서 죽는다. 하지만 어떤 말들은 죽지 않고 사람의 마음속으로 들어가 살아남는다.

꼭 나처럼 습관적으로 타인의 말을 기억해 두는 버릇이 없다 하더라도 대부분의 사람들은 저마다의 마음에 꽤나 많은 말을 쌓아 두고 지낸다. 어떤 말은 두렵고 어떤 말은 반갑고 어떤 말은 여전히 아플 것이며 또 어떤 말은 설렘으로 남아 있을 것이다.

검은 글자가 빼곡하게 적힌 유서처럼 그 수많은 유언들을 가득 담고 있을 당신의 마음을 생각하는 밤이다.

우리에겐 꿈을 쉽게 포기하는 버릇이 있다

정여울

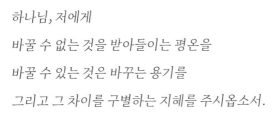

하나님, 저에게
바꿀 수 없는 것을 받아들이는 평온을
바꿀 수 있는 것은 바꾸는 용기를
그리고 그 차이를 구별하는 지혜를 주시옵소서.

— 라인홀드 니부어

어린 시절 가장 많이 받은 질문.
"너 커서 뭐가 될래?"
내 꿈은 계절마다 바뀌어서, 지금은 기억조차 가물가물하다. 하지만 초등학교 시절까지 가장 오래 간직했던 꿈은, 부끄럽지만 피아니스트였다. 사실 피아니스트의 삶이 어떤 건지도 잘 몰랐지만 나는 그저 피아노가 좋았다. 내가 피아노를 치면 웃어 주는 아빠의 미소가 좋았고, 나 몰래 숨어서 내가 치는 피아노곡을 조용히 연습하는 동생의 귀여운 모방 심리도 좋았고, 내 피아노 소리에 맞춰서 춤추고 노래하는 막냇동생의 재롱이 좋았다. 합창단의 반주를 하는 일도 재미있었고, 대회에 나가기 위해 한 곡만 죽어라 쳐 대는 것조차 좋았다. 피아노를 '잘 쳐서' 좋은 것이 아니라, '그냥 좋아서' 좋아했다. 특출한 재능이 있는 것은 아니었다. 하지만 그렇게 앞뒤를 재지 않고 무언가를 순수하게 좋아하는 일은 인생에 다시 없을 것만 같다.

꿈의 불꽃이 타오르기 시작한 순간은 이상하게도 잘 기억나지 않는데, 꿈의 불꽃이 사그라지던 순간은 정확히 기억이 난다. 어린 시절 우리 집에서 같이 살던 이모와 곧잘 수다를 떨었는데, 이모가 하루는 나에게 이런 질문을 했다.

"여울아, 넌 커서 뭐가 될래?"

난 또 아무 대책 없이 해맑게 대답했다.

"뭘 물어, 피아니스트지."

이모는 걱정스러운 얼굴로 물었다.

"아직도? 그거 돈 엄청 많이 드는 거, 알아?"

"응? 돈?"

난 무슨 말인지 몰라, 눈을 깜빡거리며 물었다. 난 그저 피아노만 있으면 되는데, 돈이 더 필요하다니?

"그거 부잣집 딸들이나 하는 거다. 뒷바라지하는 거 엄청 힘들어."

난 할 말을 잃었다. 내가 그저 어떤 꿈을 꾼다는 것이 부모님께 부담이 된다는 것을 미처 헤아리지 못했던 것이다. 조숙한 척만 했지 전혀 철들지 못했던 초등학생에겐 너무 커다란 충격이었다.

그다음부터 나는 피아노 연습을 게을리하기 시작했다. 피아노를 보는 눈이 달라졌다. 이제 피아노는 '꿈' 아니라 '취미'가 되어 버렸다. "넌 공부도 잘하니까, 너무 피아노만 좋아하진 마라."고 말씀하시던 어른들의 충고가 그제야 들리기 시작했다. 피아노보다는 공부에 집중하는 것이 부모님을 기쁘게 해 드리는 것임을 깨닫기 시작했다.

부모님과는 그런 이야기를 한 번도 직접적으로 해 본 적이 없다. 그런데 시간이 지날수록 부모님이 나 때문에 마음 아파하신다는 것을 알게 되었다. 정작 나는 중학생이 되면서 피아노에 대한 꿈은 완전히 접었는데, 부모님은 오랫동안 나를 예고에 보내지 못하신 걸 미안해하셨다. 게다가 내가 공부 때문에 스트레스를 받을 때마다, 부모님은 악기를 사 주셨다. 중학교 때는 멋진 통기타를 사 주셨고, 고등학교 때는 전자 키보드를 사 주셨다. 그리고 내 방에서는 항상 일곱 살 때 아빠가 사 주신 낡은 피아노가 수호천사처럼 나를 지켜 주었다.

나는 음악 시간이나 수련회나 합창 대회가 있을 때 단골 반주자가 되었고 그 역할에 100퍼센트 만족했다. 사춘기 시절 내

별명은 '딴따라'였다. 그리고 그 별명의 뉘앙스는 '샌님 같은 범생이가 의외로 놀 줄 안다.'는 것이었다.

그 이후로도 나는 꿈을 여러 번 포기했다. 때로는 성적이 모자라서, 때로는 사람들의 평가가 두려워서, 때로는 그저 꿈만 꾸는 것이 싫증 나서 수도 없이 꿈을 포기했다. 내 꿈의 역사는 '포기의 역사'였다. 그런데 그 수많은 꿈들을 포기하며 살아가다 보니, 정말 인정하기 싫지만 나의 진짜 문제를 알게 되었다. 실패가 두려워 한 번도 제대로 된 도전을 해 보지 못했다는 것을. 아무리 이모의 조언이 충격적이었더라도, 내가 피아노를 좀 더 뜨겁게 사랑했더라면, 좀 더 세상과 싸워 볼 용기가 있었다면, 그렇게 쉽게 포기하진 않았을 것이다.

나는 계란으로 바위를 치는 심정으로, 자신의 꿈을 향해 도전하며 처절하게 실패하는 사람들을 마음속 깊이 질투하고 존경한다. 이제야 알았기 때문이다. 포기의 역사보다는 실패의 역사가 아름답다는 것을. 제대로 부딪혀 보지도 않은 채 포기하는 것보다는, 멋지게 도전하고 처참하게 실패하는 사람들이 훨씬 많은 것을 배운다는 것을. 꿈을 이루는 데 실패하더라도, 삶에서 실패하는 것은 아님을.

얼마 전 내 소중한 벗이 함께 술을 마시다가 내게 불쑥 물었다.

"넌 왜 그렇게 매사에 자신감이 없냐?"

나는 아무렇지도 않다는 듯 적당히 둘러대긴 했지만, 그 말이 오랫동안 아팠다. 가슴에 날카로운 사금파리가 박힌 것처럼, 시리게 아팠다. 내 삶의 치명적인 허점을 건드리는 말이었기 때문이다. 나를 오래 알아 온 사람만이 알아볼 수 있는 내 아픔이었기 때문이다. 어린 시절 엄마는 늘 나를 걱정했다. '꿈속에 사는 사람'이라고. 나는 꿈을 포기하는 것이 좀 더 현실적인 사람이 되는 법이라 믿었다. 내 꿈은 늘 허황됐으므로. 내 꿈은 늘 나와 어울리지 않았으므로.

나는 이제야 깨닫는다. 피아노를 포기한 것이 문제가 아니라, 그때부터 '포기하는 버릇'을 가슴 깊이 내면화한 것이 문제라는 것을. 도전하기 전에, 미리 온갖 잔머리를 굴려 내 인생을 '시뮬레이션'해 보고, 안 되겠구나 싶어 지레 포기하는 것. 아주 어릴 때부터 나도 모르게 소중하게 가꿔 온(?) 버릇이라 쉽게 고칠 수도 없었다. 내게 주어진 현실을 실제 상황보다 훨씬 나쁘게 인식하는 것. 내가 가진 것을 실제보다 훨씬 작게 생각하는 버릇. 가슴 깊이 감추어진, 생에 대한 뿌리 깊은 비관. 그것은 금속에 슬기 시작한 '녹' 같다. 처음에는 아주 하찮게 보이지만 나중에는 가득 덮인 녹 때문에 물체의 원래 모습조차 알 수 없게 되어 버리는. 나는 진로에 대한 공포 때문에, 미래에 대한 비관 때문에, 나의 원래 모습마저 잃어버린 것 같았다.

　나의 글을 읽어 주는 독자들은 나 같은 실수를 반복하지 말았으면 한다. 진로를 생각할 때 '실현 가능성'부터 생각하지 말자. 진로를 생각할 때 곧바로 '직업'과 연결시키지도 말자. 미래를 생각할 때 생활의 안정을 1순위로 하지 말자.

　하지만 이런 건 괜찮다. 예컨대, 내가 얼마나 그 꿈에 몰두할 수 있는지 실험해 보는 것. 밥 먹는 것도 잊고, 잠자는 것도 잊고, 약속 시간도 잊고, 무언가에 몰두해 본 적이 있는가. 그게 바로 우리의 가슴을 뛰게 만드는 것이다. 그것이 무엇이든, 밥이 되든 안 되든, 그런 건 우리의 짐작만큼 중요하지 않다.

　아이들의 장래 희망 1순위가 '연예인'인 시대도 문제였지만, 이제 아이들의 장래 희망 1순위가 '공무원'인 시대는 더욱 앞이 캄캄하다. 희망의 직종이 문제가 아니라 희망의 획일성이 문제다. 그것은 '장래 희망'이 아닌 '장래를 향한 강박'으로 느껴진다.

삶의 발명*

정혜윤

　부끄럽지만 내 이야기로 이야기를 시작하겠다. 지난 4월 교통사고를 당했다. 차에 부딪힌 나는 3미터를 날아가 땅에 떨어졌다고 한다. 정신을 차렸을 때는 내 부서진 치아 조각들을 손에 들고 무릎을 꿇고 땅에 앉아 있었다. 아무 소리도 들리지 않았다. 하지만 이내 구급차와 경찰차가 달려왔다. 꼭 크리스마스 캐럴 「고요한 밤 거룩한 밤」의 한 구절처럼 사방이 고요했다.

　한 달이 지나자 나는 어렵지만 양손으로 세수를 할 수 있게 되었다. 한 달 반이 지나자 걸을 수 있게 되었다. 봄이 한창이었다. 나는 병원 정문을 나와 횡단보도를 건너 처음으로 안양천에 가 봤다. 야생화가 흐드러지게 피어 있었다. 노란 나비들이 꽃 사이를 팔랑거리며 날고 있었다. 눈을 뗄 수가 없었다.

＊ 이 글은 『삶의 발명』(위고 2023)의 머리말이다.

야생의 생명력이 가슴으로 흘러들어 왔다. "너무 예뻐!" 나는 전혀 상처받지 않은 사람처럼 자연과 그늘 없는 관계를 맺었다. 많은 것이 그리워졌다. 스페인 내전에서 총상을 당한 뒤 소설가 조지 오웰이 한 말이 생각났다. "따지고 보면 마음에 드는 것이 많은 세상이었다." 회복하려면 슬플 정도로 많은 노력을 해야겠지만 앞으로 또 슬픈 일을 겪게 되겠지만, 그러나 우리는 기쁨을 위해 태어났다. 나는 이 상처투성이 지구를 엉뚱하게도 회복의 장소로 경험한 셈이다.

돌이켜 보면 교통사고가 난 날은 겸손을 배우기 딱 좋은 날이었다. 내가 무엇을 누리든 그것은 한순간에 사라질 수 있다. 하지만 모든 것이 다시 시작되었다. 많은 것을 다시 시작할 수 있는 기회가 나에게 또 한 번 주어졌다. 살아남는 것이 중요한가, 변화하는 것이 중요한가. 나를 통해 묻는 사건이 일어난 것만 같다. 경이롭게 재생할 수 있다면 나를 위해 슬퍼해 준 분들에게 은혜를 갚는 일이 될 것이다.

시간이 흐를수록 '반복'이 중요한 단어가 되었다. 나는 어렵게 세수를 배웠고 어렵게 이를 닦는 것을 배웠고 어렵게 샤워를 하는 것을 배웠다. 어렵게 등 지퍼를 올려 원피스를 입고(이것은 아직도 힘들다) 반복적으로 재활 훈련을 하고 어렵게 책상에 앉아 컴퓨터로 글을 쓸 수 있게 되었다. 그러나 그 시간도 소중했다. 소설가 밀란 쿤데라의 말이 생각났다. "다시는 돌이

킬 수 없는 순간을 살고 있다는 것을 알아야 인간적인 것이다.”

카탈루냐의 첼리스트 파블로 카살스는 수십 년간 아침에 일어나면 피아노로 바흐의 푸가를 두 곡씩 연주하곤 했다. 그것은 기계적인 ‘반복’이 아니라 필수 사항이었다. 그는 그것은 집을 축복하는 방식이자 세계를 재발견하는 방식이고 그 일부가 되는 기쁨을 누리는 방식이었다고 말한다. 파블로 카살스의 이 말을 읽은 것은 오래전 일이지만 잊은 적이 없다. 아침에 일어나 똑같은 유리컵에 찬물을 한 잔 마실 때마다, 똑같은 빨간 컵에 커피를 한 잔 마실 때마다 문득문득 생각나곤 했다. 일을 할 때도 책을 읽을 때도 생각이 났다.

사고가 나기 전, 나는 그의 말에 영향을 받아 『삶의 발명』이라는 책을 거의 완성한 상태였다. 우리에게는 유일무이한 삶, 고유한 삶, 대체 불가능한 자신의 삶의 이야기를 만들고 싶어 하는 창조의 에너지가 있다. 그런데 우리는 각자의 삶을 사는 개별적인 존재이면서 사회적 동물이기도 하다. 우리는 인정과 존중을, 사랑과 우정과 의미를 원하고 그것을 가능하게 해 줄 누군가를, 공동체를 찾아 헤맨다. 나는 이것을 관계의 에너지라고 부른다. 따지고 보면 모든 이야기는 관계의 이야기이기도 하다. 내가 쓰던 책 『삶의 발명』은 창조의 에너지와 관계의 에너지가 균형 있게 만나 기쁘게 이 세계의 일부분이 되는 존재 방식을 찾고자 하는 이야기였다.

지난 몇 년간 내 열정의 대상이 바뀌면서 관계의 범위도 확장되었다. 오로지 인간, 인간, 인간만 생각하고 있던 내가 동물과 야생을 몹시 사랑하게 되었다. 어쩌면 동물의 눈에 담긴 다른 세상을 봤기 때문인지도 모르겠다. 그 열정은 힘이 강해서 읽는 책, 듣고 싶은 이야기, 가고 싶은 곳, 먹고 싶은 음식에까지 영향을 미쳤다. 생물학자 레이첼 카슨의 말 같은 상황이었다. "우리는 행복해질 거예요. 인생에 의미를 부여하는 모든 사랑스러운 것들, 해돋이와 해넘이, 만(灣)에 비치는 달빛, 음악, 좋은 책, 지빠귀의 노랫소리, 지나가는 야생 거위의 울음소리를 함께 즐길 거예요." 그런데 하필이면 내가 자연에 빠져들 때가 기후 위기와 동물 대멸종 시대이기도 했다. 이 말은 매 순간 아름답고 고유한 것이 사라지는 중이라는 뜻이다. 자연은 나를 웃게도 울게도 만들었다. 그래서 『삶의 발명』은 기후 위기와 동물 대멸종의 시대에 기쁘게 인간이 될 방법을 찾고 지구에서의 삶을 깊고 풍요롭게 누리는 방법을 찾는 이야기이기도 하다. 그런데 어떻게 그 일이 가능할까?

　삶은 삶에 관해 이야기하는 방식과 관련된 것이고 모든 생명체는 모두 자기 나름의 이야기를 가지고 있고 언젠가 우리는 모두 이야기 속으로 사라진다.

　내 평생 가장 많이 해 온 말이 있다.

　"그 이야기 참 좋다."

　이 말의 힘을 나는 100퍼센트 믿는다. 이야기가 좋으면 나도 모르게 감탄하면서 마음이 환해진다. 감탄할 때 현실이 달리 보였고, 살 만한 가치가 있는 삶이란 게 분명 존재한다고 느껴졌고, 사는 것이 더 재미있어지고 더 좋아지고 내가 뭘 해야 할지도 알 것 같았다. 그때는 세상은 따라 해야 할 일투성이로 보였고 세상 또한 사랑할 만한 것으로 보였다. 감탄 속에 있을 때 나는 잘 살고 있다. 그렇지 않을 때는 왜 사는지 잘 모르겠다. 어디에 마음을 둬야 할지 잘 모르겠다.

힘이 필요할 때는 이렇게 말했다.

"하지만 다르게 시작하는 이야기가 있어."

공허할 때는 이렇게 말했다.

"다른 이야기가 필요해."

지겨울 때도 그렇게 말했다. 변화가 필요할 때도 그렇게 말했다.

선택이 어려울 때는?

"어떤 이야기의 일부분이 되고 싶어?"

말을 해야 할 때는?

"어떤 이야기를 살아 있게 하고 싶어?"

가장 삭막한 사이는?

"만나도 할 이야기가 없는 사이."

사랑한다는 것은?

"오로지 그 사람 이야기만 하고 싶어 하는 것."

나에게 본질적으로 중요한 것은?

"그걸 빼면 이야기가 안 되는 것."

행복할 때는?

"내가 찾고 기다리던 이야기를 만나는 것."

내가 나 자신을 발견하고 싶은 곳은?

"좋은 이야기 속."

나 자신에 대해서 아는 법은?

"적어도 내가 어떤 이야기를 좋아하는지 안다."(나는 있을 법하지 않은 이야기를 좋아한다.)

최선의 나로 사는 법은?

"감탄한 이야기에 나를 결합시키는 것."

사는 동안 반드시 해내야 할 일은?

"자신의 이야기를 찾고 만나고 만드는 것."

우리가 이야기를 하는 동물로 진화한 데는 분명히 이유가 있을 것이다. 이야기가 아니면 우리에게 일어났던 일을 이해하고 나눌 방법이 우리에게는 없다. 이야기하는 공동체로서 좋은 이야기보다 더 좋은 것은 없다. 이야기하는 공동체로서 좋은 이야기를 들려줄 수 있는 것보다 더 의미 있는 것은 없다. 자기 자신에게 스스로 들려주는 이야기는 내적 정체성의 핵심이다.

나에게 삶은 좋은 이야기를 찾는 과정이나 다름없었다. 내가 마음으로 언제나 불러낼 수 있는 이야기들은 에너지로 변해 나를 내 자아 바깥으로 끌고 나오고 움직이고 살아 있게 했다. 나뿐만 아니라 우리의 많은 에너지는 이야기가 변신한 것이나 다름없다. 영향을 받는 이야기, 의미를 두는 이야기가 바뀌면 에너지의 방향이 바뀌고 에너지의 방향이 바뀌면 삶의 방향도 바뀐다. 창조성은 다른 것이 아니라 뭔가에 의미를 둘 줄 안다는 뜻이니까. 지금 살고 있는 삶에 '더 나은', '더 좋은', '더 새로운'이라는 단어만 넣으면 삶은 갑자기 도전할 가치가 있는 모험으로 변한다. 이것도 삶의 발명이다. 이럴 때는 더 많은 에너지가 필요하다. 더 깊은 이야기가 필요하다는 뜻이다.

내가 어렵게 컴퓨터 앞에 앉을 수 있게 되자 다시 꺼낸 원고가 바로 이 책 『삶의 발명』이다. 무엇이 나를 만들어 왔는지 아는 사람으로서, 언제 기쁨을 느끼는지 아는 사람으로서, 삶을 살아가게 만드는 순간들을 잘 아는 사람으로서, 만들어 보고 싶은 이야기가 있는 사람으로서, 살고 싶은 세상이 있는 사람으로서, 어떻게 살고 사랑할까라는 오래된 질문을 좋아하는 사람으로서, 이야기를 하는 존재로서, 장미는 장미로서, 새는 새로서, 고래는 고래로서, 별은 별로서 존재하는 것 자체를 좋아하는 사람으로서, 우리 모두의 회복을 바라는 사람으로서, 변화를 바라는 사람으로서, 우선 모든 생명이 지금보다 더 햇살과 바람을 즐겼으면 한다. 모든 생명이 지금보다 더 존중받고 자부심을 느끼고 기쁨을 누렸으면 좋겠다. 모든 생명이 자신의 힘을 찾고 자기 자신이 되면 좋겠다. 그런 세상을 꿈꾸면서 나는 이 글에 에너지를 쏟아부어 보려고 한다. 물론 이야기들이 변신한 에너지다.

이 글을 마무리하는 동안 하나의 이미지가 계속 떠올랐다. 수년 전 어느 비 오는 날 서귀포의 호텔에 묵었던 적이 있다. 새벽 4시와 5시 사이 어디쯤에 눈을 떴다. 너무 이른 시간이라 창밖으로 보이는 것은 없었다. 하지만 다시 잠을 이루지 못해 창가에 앉아 아침이 오는 것을 지켜보기로 했다. 비가 약간 뜸해지자 서귀포 걸매생태공원 뒷산 상공에서 뭔가가 움직이는 것이 보였다. 검은 새 무리였다. 새들은 무리를 지어 돌고 돌면서 나선형으로 점점 위로 올라가고 있었다. 새들의 선회였다. 그리고 아침이 밝았다. 그 순간 행복했다.

일상을 반복하고 있지만 그 반복 속에서도 나를 조금 더 앞으로 가 보게 해 주는 이야기들이 있었다. 그 덕분에 마음이 흔들릴 때도 많았지만 마음이 향하는 방향은 있었다. 어두운 날도 저 밑바닥까지 어둡지는 않았다. 내가 지금부터 들려주려고 하는 이야기들은 편의상 제목을 달긴 했지만 앎, 우정, 사랑, 연결, 회복, 경이로움, 아름다움, 자부심, 기쁨과 슬픔, 희망같이 우리에게 대체 불가능한 가치를 갖는 단어들이 이렇게 저렇게 섞여 있는 이야기들이다. 내가 들려주는 이야기들이 기쁘게 이 세상의 일부가 되기를 희망하는, 더 나은 존재 방식을 원하고 만들고 싶어 하는 누군가의 마음에 가닿고 힘이 된다면 행복할 것이다.

나는 어디에 있는가? 내가 좋아하는 이야기의 일부가 되어 이야기의 여기저기에 흩어져 있다. 내가 원하는 삶이다.

　우리는 언어를 통해 소통하며 살아가고 있습니다. 인간은 말과 글 덕분에 지식과 정보를 공유하고 생각과 감정을 나눌 수 있지요. 첫째 마당의 글들은 글쓴이들이 언어와 관련된 경험에서 얻은 생각과 감정을 담고 있습니다. 글쓴이들이 나눈 경험과 감상을 읽으며 새롭게 깨달은 것이 있는지 떠올려 봅시다.

　「어떤 말은 죽지 않는다」는 타인과 별생각 없이 나눈 대화가 그들이 자신에게 남긴 유언이 되었던 경험을 통해, 어떤 말들은 사라지지 않고 누군가의 마음속에 남는다는 깨달음을 전하고 있습니다. 그래서 타인에게 조금 더 따뜻하고 예쁘게 말하려고 노력하게 되었다는 글쓴이의 태도는 누군가의 마음에 남아 영향을 주는 말의 힘에 대해 생각해 보게 합니다.

　「우리에겐 꿈을 쉽게 포기하는 버릇이 있다」의 글쓴이는 피아니스트가 꿈이던 어린 시절 이모와의 대화 이후 자신의 꿈이 부모님께 부담이 될 수 있겠다는 생각에 꿈을 포기했던 경험을 들려줍니다. 하지만 살아오며 많은 꿈을 포기했던 자신을 돌아보니, 자신이 포기하는 버릇을 내면화한 것이 문제라는 것을 깨닫지요. 진로에 대한 고민이 가득할 때, 여러분은 무엇을 우선순위로 생각하나요? 글쓴이의 경험과 깨달음이 여러분의 고민에 도움이 되어 줄 수 있을 거예요.

　「삶의 발명」은 우리의 삶에서 이야기가 갖는 힘을 말하고 있습니다. 우리는 모두 자기 나름의 이야기를 가지고 있고, 이야기를 통해 우리에게 일어났던 일을 이해하고 나눌 수 있지요. 글쓴이는 이야기하는 공동체로서 좋은 이야기를 찾고 좋은 이야기를 들려주는 일의 의미에 대해 말합니다. 이야기가 우리에게 주는 에너지는 우리 삶을 더 낫고 좋은 방향으로 바꾸어 줍니다.

1. 수필은 글쓴이가 경험을 통해 얻은 깨달음에 관해 자유롭게 쓴 글입니다. 다음의 글에서 글쓴이가 했던 주요 경험과 깨달음을 간략하게 정리해 봅시다.

	주요 경험	깨달음
「어떤 말은 죽지 않는다」	타인과 나눈 대화가 그들이 남긴 유언이 되었음을 경험함.	
「우리에겐 꿈을 쉽게 포기하는 버릇이 있다」		
「삶의 발명」		

2. 「어떤 말은 죽지 않는다」를 읽고 '내 마음속에 남아 있는 강력한 말'이 있는지 생각해 봅시다. 그리고 그 말에 대한 경험과 깨달음을 글로 써 봅시다.

풀 비린내에 대하여

나
희
덕

광주비엔날레에서 태국의 작가 수라시 쿠솔윙의「감성적 기계」라는 작품을 본 적이 있다. 이 작품은 65년형 폭스바겐의 엔진과 핸들, 타이어, 섀시 등을 완전히 제거하고 차체를 뒤집어 그네 침대로 설치한 것이다. 그네 옆에는 타이어를 비롯한 부속을 재활용해 만든 의자들이 놓여 있었다. 차체로 만들어진 그네 침대 속에서 아이들이 텔레비전을 보고 있는 동안 나는 타이어를 쌓아 만든 의자에 걸터앉아 그 '감성적 기계'를 바라보았다. 흔히 '달리는 무기'라고 불리는 자동차가 완전히 해체됨으로써 새로운 용도로 거듭난 모습은 예술 고유의 전복성을 보여 줄 뿐 아니라 자동차에 대한 생각을 곱씹어 보게 했다.

그 무렵 나는 운전 초보 딱지도 떼지 않은 상태여서 자동차가 주는 편리와 불안을 아주 예민하게 느끼고 있었다. 면허를 따 놓고도 5년이 넘도록 차를 살 생각이 별로 없었다. 그런데 아이들을 데리고 객지로 이사한 후로는 하나부터 열까지 내 손으로 해결해야 했고, 어쩔 수 없이 운전을 하게 되었다. 물론 처음엔 출퇴근 때나 장을 볼 게 많을 때만 차를 가지고 다녔다. 그러나 마음이 답답할 때 무작정 차를 몰고 교외로 나가는 습관이 생겨나기 시작했고, 차를 모는 일이 점차 잦아졌다. 누구의 방해도 받지 않고 나를 어디로든 데려다줄 수 있는 밀폐된 공간에 그렇게 조금씩 길들여져 갔다.

스웨덴의 생태주의자인 에민 텡스룀은 자동차라는 물건이 "자기 자신의 영토 안에 머물고자 하는 의지와 이 영토 밖으로 움직일 필요성"을 동시에 충족시켜 준다고 말한 바 있다. 현대인들이 자동차라는 '아늑한 자궁'으로부터 잠시도 떨어지고 싶어 하지 않는 것도 바로 이 모순된 욕망을 자동차라는 공간이 해결해 주기 때문일 것이다. 앞에서 말한 「감성적 기계」처럼 굳이 자동차를 해체하지 않아도 자동차는 이미 충분히 '감성적 기계' 노릇을 하고 있는 셈이다.

하지만 얼마 안 가서 자동차에 대한 낯설고 당혹스러운 경험을 하게 되었다. 갑자기 서울에 갈 일이 생겼는데 주말이라 차표를 구할 수 없었다. 몇 번을 망설이다가 나는 초보 주제에 식구들을 태우고 서울로 가는 고속도로로 접어들었다. 무사히 서울에 도착해서 일을 보고 다음 날 밤에 광주로 돌아올 수는 있었다. 그런데 밤에 고속도로를 달리다 보니 차창에 무언가

타닥타닥 부딪치는 소리가 났다. 처음엔 그저 속도 때문에 모래 알갱이 같은 게 튀는 소리려니 했다.

다음 날 아침 출근을 하려는데 유리창은 물론이고 앞 범퍼에 푸르죽죽한 것들이 잔뜩 엉겨 있었다. 그것은 흙먼지가 아니라 수많은 풀벌레들이 달리는 차체에 부딪쳐 죽은 잔해였다. 마치 거대한 모터 주위에 두껍게 쌓여 있는 먼지 뭉치처럼 말이다. 그것을 닦아 내려다 나는 지난밤 엄청난 범죄라도 저지른 사람처럼 손발이 후들후들 떨려 도망치듯 세차장으로 갔다. 그러나 세차 기계의 물살에도 엉겨 붙은 풀벌레들의 흔적은 완전히 지워지지 않았다. 그 후로 운전대를 잡을 때마다 풀비린내는 몸서리치는 기억으로 남았고, 나는 손을 씻고 또 씻었다.

시속 100킬로미터 정도의 속력에 그렇게 많은 풀벌레가 짓이겨졌다는 것도 믿기 어려웠지만, 이런 살상의 경험을 모든 운전자들이 초경처럼 겪었으리라는 사실이야말로 나에게는 예상치 못한 충격이었다. 인간에게는 편리하고 안락한 공간이 다른 생명을 해칠 수도 있다는 자각이 그제야 찾아왔다.

옛날 티베트의 승려들은 입을 열어 말을 할 때마다 공기 중의 미생물을 죽이게 될까 봐 얼굴에 일곱 겹의 천을 두르고 다녔다고 한다. 그렇게 생명을 아끼는 태도에 비하면 자동차를 몰고 다니는 것 자체가 엄청난 살생 행위라고도 볼 수 있다. 그렇다고 하루아침에 차를 없앨 수도 없는 형편이어서 나는 자동차에 대한 태도를 정리할 필요를 느꼈다. 결국 차를 유지하되 사용을 최소화하고 의존도를 낮추는 선에서 타협할 수밖에 없었다. 그리고 그 '감성적 기계'의 편안함에 길들여지려는 순간마다 그것이 풀 비린내뿐 아니라 피비린내를 불러올 수도 있다는 자각을 잊지 않으려고 한다.

운전을 시작하기 전까지 나는 걷기 예찬자였고, 인공적인 공간보다는 자연 속에 머물기를 누구보다 좋아했다. 그러나 차를 소유하고부터는 생태적인 어떤 발언도 할 자격이 없다는 생각이 들곤 한다. 차를 소유하되 그에 종속되지 않는다는 것, 이런 아슬아슬한 줄타기가 앞으로 얼마나 지속될 수 있을지 모르겠다. 다만 그날 아침의 풀 비린내가 원죄 의식처럼 운전대를 잡은 내 손에 남아 있을 따름이다.

화단

이
태
준

  찰찰하신* 노(老)주인이 조석으로 물을 준다, 거름을 준다, 손아(孫兒)*들을 데리고 일삼아 공을 들이건마는 이러한 간호만으로는 병들어 가는 화단을 어찌하지 못하였다.

  그 벌벌*하고 탐스럽던 수국과 옥잠화의 넓은 잎사귀가 모두 누릇누릇하게 뜨기 시작하고 불에 덴 것처럼 부풀면서 말라 들었다.

  "빗물이나 수돗물이나 물은 마찬가지일 텐데……"

  물을 주고 날 때마다, 화단에서 어정거릴 때마다 노인은 자못 섭섭해하였다.

  비가 왔다. 소나기라도 한줄기 쏟아졌으면 하던 비가 사흘이

---

* **찰찰하다** 지나치게 꼼꼼하고 자세하다.
* **손아** 손주를 일컫는 말.
* **벌벌** 식물의 가지 따위가 옆으로 벌어진 모양.

나 순조로이 내리어 화분마다 맑은 물이 가득가득 고이었다.

노인은 비가 갠 화단 앞을 거닐며 몇 번이나 혼자 수군거리었다.

"그저 하늘 물이라야…… 억조창생*이 다 비를 맞아야……"

만지기만 하면 가을 가랑잎 소리가 날 것 같던 풀 잎사귀들이 기적과 같이 소생하였다. 노랗게 뜸이 들었던 수국잎들이 시꺼멓게 약이 오르고 나오기도 전에 옴츠러지던 꽃봉오리들이 부르튼 듯 탐스럽게 열리었다. 노인은 기특하게 여기어 잎사귀마다 들여다보며 어루만지었다.

원래 서화*를 좋아하는 어른으로 화초를 끔찍이 사랑하는 노인이라, 가만히 보면 그의 손이 가지 않은 나무가 없고 그의 공이 들지 않은 가지가 없다. 그중에도 석류나무 같은 것은 철사를 사다 층층이 테를 두르고 곁가지 샛가지를 자르기도 하고 휘어 붙이기도 하여 사층 나무도 되고 오층으로 된 나무도 있다. 장미는 홍예문*같이 틀어 올린 것도 있고 복숭아나무는 무슨 비방으로 기른 것인지 키가 한 자도 못 되는 어린 나무에 열매가 도닥도닥 맺히었다. 노인은 가끔 안손님들까지 사랑마당으로 청하여 이것들을 구경시키었다. 구경하는 사람마다 희한해하였다.

* **억조창생** 수많은 백성이나 생명체.
* **서화** 글씨와 그림을 아울러 이르는 말.
* **홍예문** 문의 윗부분을 무지개 모양으로 반쯤 둥글게 만든 문.

그러나 다행히 이러한 화단이 우리 방 앞에 있음에도 불구하고 나는 한 번도 노주인의 재공(才功)*을 치하하지 못한 것은 매우 서운한 일이라고 생각한다.

그가 있는 재주를 다 내어 기른 그 사층 나무 오층 나무의 석류보다도 나의 눈엔 오히려 한편 구석 응달* 밑에서 주인의 일고지혜(一顧之惠)*도 없이 되는 대로 성큼성큼 자라나는 봉선화 몇 떨기가 더 몇 배 아름답게 보이기 때문이다.

무럭무럭 넘치는 기운에 마음대로 뻗고 나가려는 가지가 그만 가위에 잘리우고 철사에 묶이어 채반*처럼 뒤틀려 있는 것은 아무리 보아도 괴로운 꼴이다. 불구요 기형이요 재변*이라 안 할 수 없다.

노인은 푸른 채반에 붉은 꽃송이를 늘어놓은 것 같다고 하나 우리의 무딘 눈으로는 도저히 그런 날카로운 감상을 즐길 수 없을 뿐 아니라 도리어 불유쾌를 느낄 뿐이었다.

자연은 신이다. 이름 없는 한 포기 작은 잡초에 이르기까지 신의 창조가 아닌 것이 없다. 신의 작품으로서 우리 인간이 손

---

* **재공** 지닌 재주로 이룬 공적(功績).
* **응달** 볕이 잘 들지 아니하는 그늘진 곳. 음지.
* **일고지혜** 한 번 돌아보는 은혜나 호의, 즉 '보살핀다'는 의미를 지닌 한자 성어.
* **채반** 껍질을 벗긴 싸릿개비나 버들가지 따위의 오리를 울과 춤이 거의 없이 둥글넓적하게 걸어 만든 채그릇.
* **재변** 재앙으로 인하여 생긴 변고.

을 대지 않으면 안 될 만한 그러한 졸작, 그러한 미완품이 있을
까? 이것은 생각만으로도 어리석은 일일 것이다.

우리는 자연을 파괴하고 불구되게 할 수는 있다. 그러나 그
것을 창조하거나 개작할 재주는 없을 것이다.

죽은 새를 위하여

박
완
서

밖을 내다보기 위해, 혹은 빛을 끌어들이기 위해 인간들은 집에 창을 낸다. 나도 집 앞 개울 건너 밤나무 숲을 바라보기 위해 큰 창을 냈다. 창살도 없는 통유리창 때문에 저만치 있는 밤나무 숲이 마치 우리 집 마당처럼 보인다. 유리창은 이렇게 경치를 빌려 보는 데 편리한 것인 줄만 알았지 유리창을 통해 경치가 집 안으로 들어올 수도 있다는 건 미처 몰랐다.

새벽에 눈을 뜬 지 채 5분도 안 되어서였다. '딱' 하는 생나뭇가지 부러지는 소리와 함께 맹렬한 속도로 날아온 새가 유리창에 부딪히면서 땅으로 떨어졌다. 나도 모르게 비명을 지르며 밖으로 뛰어나가 보니 목뼈가 부러져 즉사한 새가 창밖에 널브러져 있었다. 부부였을까, 한 마리도 아닌 두 마리였다. 무슨 새인지 이름은 알 수 없었다. 크기는 참새보다는 비둘기에 가까웠지만 깃털은 참새와 비슷했다.

작년에도 유리창에 부딪혀 새가 즉사한 불상사가 두 번이나 있었기 때문에 새가 왜 그런 실수를 하는지 알고 있다. 밖에서 유리창 안을 들여다보면 앞산이 그대로 비쳐 보인다. 낮에는 안의 사물들과 겹쳐 보이지만 해뜨기 전 어둑신한* 새벽녘이면 유리 속은 더 어둡기 때문에 도리어 그 안에 비친 앞산은 실물보다 훨씬 깊고 신비한 심산유곡*처럼 보이는 것이다.

　　새가 속은 것이다. 그리고 나는 새를 속여 먹은 것이다. 산에다 덫을 놓아 오소리나 멧돼지, 산토끼 등을 닥치는 대로 사냥해 그 간을 내먹고 피를 빠는 인간들한테 분노하고 치를 떨 자격이 나한테 있을까. 이런 자괴심조차 나는 믿을 수가 없다. 나는 아차산 골짜기에 이 집을 새로 지을 때 자연 친화적인 집을 지으려고 애썼다. 높게 짓지 않으려 했고, 외벽도 흙벽의 부드러운 질감을 닮은 마감재를 썼으며, 황토색과 초가지붕 빛깔의 중간쯤 되는 부드러운 색으로 칠했다. 자연 친화적 좋아하네. 창살도 없는 통유리창을 어쩔 것인가. 자연의 일부인 인간이 이렇게 자연을 무자비하게 파괴하고 착취하다가는 결국 인간도 살아남지 못하리라, 이렇게 너스레를 떠는 것을 초목이나 산짐승이 알아듣는다면 그런 인간 우월주의에 아마 구역질이 날 것이다. 자연과 문명은 어차피 적대적인 것이 아닐까.

* **어둑신하다** 어둑어둑하다.
* **심산유곡** 깊은 산속의 으슥한 골짜기.

촌구석에서 태어난 내가 처음으로 문명과 충돌한 것도 유리
창을 통해서였다. 어머니에 의해 서울로 끌려오다시피 하다가
경유한 소도시 개성에서 나는 처음으로 유리창이라는 걸 보았
다. 석양*을 반사한 유리창은 화염을 내뿜는 것 같았다. 나는
비명을 지르며 엄마 치마꼬리에 매달렸다. 그전부터 나에게
유리와 불의 이미지는 따로가 아니었다. 오빠가 읍내 소학교
에 다닐 때 학교에서 받아 온 학용품 중 화경(火鏡)*이 내가 난
생처음 본 유리였다. 하필이면 그 볼록한 유리의 쓸모가 불을
만드는 거라니. 화경을 통해 까만 종이 위에 햇빛을 모으면 연
기가 모락모락 나면서 타들어 가 구멍이 생겼다. 그걸 가지고
어른 몰래 장난을 치다가 짚더미에 불이 옮겨붙어 집을 태울
뻔한 일이 있었다. 그 무섭고 불길한 물건으로 온통 창을 싸 바
른 기차를 타고 도시로 온 게 자연과의 조화로운 삶과 영이별
하는 것이었다.

아차산에는 온갖 새들이 산다. 그러나 생긴 걸 보고 이름을
알 수 있는 새는 까치, 참새, 굴뚝새 등 동네로 자주 내려오는
새들이고, 소리로 무슨 새인지 알 수 있는 것은 소쩍새와 뻐꾹
새가 고작이다. 봄부터 지금까지 산에 온갖 잡새들이 별의별
소리로 지저귀지만 어떻게 생긴 새인지 그 모습을 본 적은 없

* **석양** 저녁때의 햇빛. 또는 저녁때의 저무는 해.
* **화경** 햇빛을 비추면 불을 일으키는 거울이라는 뜻으로, '볼록 렌즈'를 이르는 말.

다. 나는 혜경이랑 산에 갈 때마다 새소리에 홀린 나머지 죽어서 무언가로 태어날 수만 있다면 새로 태어나고 싶다는 소리를 여러 번 했다. 우리 집 유리창에 부딪혀 죽은 새는 한 쌍이었으니 필시 엄마 아빠였을 것이다. 둥지에서 먹이를 찾으러 나간 엄마 아빠를 기다리다 지친 새끼들이 피나게 울고 있을지도 모른다. 내가 듣고 즐거워한 온갖 새소리 중에는 그 어린 새끼들의 슬픈 원성도 들어 있었을 것이다. 인간과 자연을 갈라놓는 건 이런 극복할 수 없는 착각이 아닐까.

내가 우리 집에서 죽인 건 새뿐이 아니다. 작년에는 개도 한 마리 죽음에 이르게 했다. 똘똘이라는 요크셔테리어 종의 개인데, 원래 딸네가 아파트 안에서 기르던 거였다. 딸네 식구들은 우리 집에 올 때면 꼭 개를 데리고 왔다. 딸의 말인즉슨 똘똘이가 산을 좋아한다는 거였다. 아치울 가자는 말만 나오면 좋아서 길길이 뛰기 때문에 미리 말하면 안 된다고 했다. 우리 집 마당도 좋아했지만 산에 데리고 갈 때마다 앞서면서 좋아라 어쩔 줄 모르는 게 볼만했다. 공중으로 한 길은 솟구쳐 몸을 회오리바람처럼 선회시키면서 온몸으로 기쁨을 표시했다.

딸은 그런 개를 집 안에만 가두어 기르기가 안됐으니 여름 동안만 엄마가 맡아 달라고 했다. 집 안에서 기르던 개를 밖에서 길러도 괜찮을지 걱정하면서도 시험 삼아 길러 보기로 했다. 마당에 개집을 놓고 개가 가장 좋아하던 손자의 속옷을 깔아 주었다. 똘똘이는 첫날부터 적응을 잘해 끽소리 없이 제집에서 자고 낮에는 바깥세상을 즐겼다. 때로 주인 없는 동네 고양이가 우리 집에 얼씬거릴라치면 으르렁거리며 싸움을 걸어 피투성이가 될 때까지 싸워 이겨 자신의 영역을 확고하게 지켰다. 그러나 낮에 바깥 마루에 앉아 우두커니 앞산을 바라보고 있을 때면 그 꼴이 너무도 작고 고적해* 보여 괜히 가슴이 뭉클해지곤 했다. 그 표정은 날로 심오하고 착잡해져 마치 철학을 하고 있는 것 같았다.

철학자를 닮아 가던 똘똘이가 어느 날 아침 싸늘한 시체가 되어 마당에서 발견됐다. 외상도 토사물도 고통의 흔적도 없이 자는 듯이 죽어 있었다. 나는 그 조그만 개를 숲속에 갖다 묻으며 조금 울었던가. 한 번도 그 개를 사랑하지 않은 데 대한 뉘우침이었다면 그건 얼마나 알량하고 위선적인 눈물인가. 똘똘이가 산을 좋아할 거라는 우리의 착각이 그 개를 죽음에 이르게 한 게 아닐까. 딸네 식구들은 다 바쁘다. 아침 일찍 각각 출근하고 등교했다가 저녁 늦게야 들어온다. 온종일 혼자서 집을 지키다가 일주일에 한 번 일요일에나 주인과 같이 외출할 수 있다면 그 동반이 산이건 바다건 시장통이건 어찌 행복하지 않았으랴. 그래서 그토록 미친 듯이 좋아하는 걸 오직 산행만을 즐기는 줄로 알았으니. 몇천 년 동안 인간 위주로 길들여 놓고 나서 졸지에 자연으로 돌아가라니 얼마나 황당했

* **고적하다** 외롭고 쓸쓸하다.

을까.

　그러나 똘똘이가 철학을 한 것만은 틀림없다고 생각한다. 인간이라는 족속이 즐기는 착각에 대해, 자연하고도 인간하고도 소통이 불가능해진 자신의 운명에 대해 생각하고 또 생각했을 것이다. 인간이 개똥철학이라고 비웃건 말건.

아무것도 사지 않는 날

최
원
형

  저녁 설거지를 마치고 부엌 창 너머를 잠시 내다보고 있었습니다. 7시가 조금 넘었을 뿐인데 이미 어둠이 온전히 내려앉아 사위가 깜깜했습니다. 겨울이라 해가 지는 시간이 점점 빨라졌습니다. 그러다 문득 앞 동에서 반짝이는 불빛이 보였습니다. 어느 집 거실에 마련해 놓은 크리스마스트리에서 색색 전구가 반짝이고 있었습니다. 그러고 보니 얼마 전 들렀던 연말 분위기 물씬 풍기던 거리가 생각났습니다.

  한 가게 점원이 밖으로 나와 블랙 프라이데이라고 적힌 손 팻말을 들고 있었습니다. 몇 년 사이에 블랙 프라이데이는 쇼핑 업계를 중심으로 우리 사회에서도 빠르게 퍼졌습니다. 미국에서 시작된 블랙 프라이데이는 11월 추수 감사절을 시작으로 크리스마스, 새해 무렵까지 이어지는 대규모 쇼핑 시즌입니다. 연말 분위기에 편승해서 기업들이 소비를 부추겨 매출을 올리려고 안간힘을 쓰는 시기입니다. 블랙 프라이데이에 대한 반동으로 과도한 소비가 언제까지고 가능하지는 않으리라 생각하는 사람들이 나타났고 그들 사이에서 '아무것도 사지 않는 날'이 자연스레 생겼습니다. 처음에는 추수 감사절이 끝날 즈음인 11월 마지막 주 어느 날이었는데 이후 한 환경 단체가 11월 26일로 정하고 알리기 시작했습니다.

피아니스트 시모어 번스틴*의 삶과 예술 세계를 담은 다큐멘터리 영화 「피아니스트 시모어의 뉴욕 소네트」는 새로운 발견이었습니다. 제 삶에 영향을 끼친 몇 편의 영화 가운데 하나입니다. 시모어의 더할 수 없이 멋진 연주와 하나하나 받아 적고 싶도록 깊은 철학이 담긴 그의 대사에도 감명을 받았지만 무엇보다 그의 삶을 그대로 보여 주는 집이 특히나 감동이었습니다. 영화에서는 여러 차례 시모어의 집 내부가 공개됐습니다. 피아노가 놓인 거실 하나에 작은 부엌과 화장실이 전부인 그 소박한 공간이 무척 인상 깊었습니다. 아침에 일어나면 시모어는 먼저 침대를 접어 소파로 만듭니다. 그러고 나면 침실은 순식간에 거실로 바뀝니다. 피아노 레슨을 받으러 온 제

＊ 시모어 번스틴은 피아니스트로서 명성을 떨치던 시기에 스스로 은퇴했습니다. 부와 명예가 좋은 음악을 하는 데에 방해가 된다고 느꼈기 때문입니다. 이후 그는 뉴욕에 있는 작은 집에서 제자들을 가르치는 데에 전념했습니다. ─글쓴이

자들이 모두 돌아가고 하루 일과를 끝낸 시모어는 다시 소파를 펼쳐 침대로 만듭니다. 노구*를 이끌고 아침저녁으로 소파 침대를 접었다 펼쳤다 하는 시모어를 보며 어떤 측은이나 가난 같은 낱말은 떠오르지 않았습니다. 오히려 고귀한 삶의 방식을 엿봤다고 할까요. 언젠가 읽은 책 『나는 단순하게 살기로 했다』의 저자 사사키 후미오의 집도 비슷했습니다. 그곳에서 소파 침대와 함께 제 눈길을 끈 건 탁자로 밥상으로 디딤판으로 쓰는 물건이었습니다. 법정 스님은 무소유란 아무것도 갖지 않는 게 아니라 정말 필요한 것만 소유하는 거라고 했습니다. 어느 날 접시를 꺼내려 찬장 문을 열었다가 그 많은 접시 가운데 정작 사용하는 접시는 열 개를 넘지 않는다는 걸 깨달았습니다. 열 개도 어쩌다 쓰는 것까지 포함한 개수니 실제 사용하는 접시는 손에 꼽을 정도입니다. 그러니 나머지는 그저 자리를 차지할 따름입니다. 찬장마다 그득한 저 많은 그릇 가운데 그릇으로 쓰임을 한 번도 하지 않은 게 훨씬 많다는 걸 알고 나니 내게 필요한 물건은 몇 가지나 되며, 정말 필요한 것의 기준은 뭘까 생각해 보게 됐습니다.

　꼭 11월 26일이 아니더라도 올해는 나도 한 달에 하루를 정해서 아무것도 사지 말아야겠다고 마음먹었습니다. 집을 나섰

* 노구 늙은 몸.

다가 돌아올 때까지 아무것도 사지 않으면 되니까 하루쯤이야 할 수 있겠지 싶었습니다. 드디어 그날이 돌아왔습니다. 밖에 있으니 점심시간에 뭔가를 사 먹어야 했습니다. '아무것도 사지 않는 날인데.'라고 내 안에서 목소리가 들려왔습니다. 그런데 또 다른 목소리가 '이건 끼닌데? 그러니까 예외지.'라고 반론을 제기했습니다. 듣고 보니 그랬습니다. 그래서 밥을 사 먹었습니다. 그러고 나니 커피가 또 생각났지만 굳은 의지로 건너뛰었습니다. 오후에 사람들을 만나 회의를 했습니다. 카페에서 만나다 보니 자연스레 음료를 주문해야 했습니다. 결국 그날은 아무것도 사지 않는 날이 되지 못했습니다.

　집에 와 곰곰이 생각해 봤습니다. 바깥에서 끼니를 해결해야 한다면 아무것도 사지 않는 날이 될 수 없을까? 미리 도시락을 챙겨서 나서면 아무것도 사지 않을 수 있겠더군요. 회의가 있으면 음료도 챙겨 가면 됩니다. 아무것도 사지 않는 하루를 보내려면 소풍 가듯 가방을 챙겨 다니면 되는 일이었습니다. 물건이 흔치 않던 시절 우리 삶은 대략 이렇지 않았을까 싶습니다. 누구든 길을 떠나기 전에 끼니가 될 만한 걸 봇짐 속에 넣는 일은 당연했습니다. 동서고금*을 막론하고 이런 삶은 꽤 오래 이어졌습니다. 인류가 지금처럼 언제 어디서든 돈만

* 동서고금 동양과 서양, 옛날과 지금을 통틀어 이르는 말.

있으면 모든 걸 해결할 수 있는 삶을 산 지는 얼마 되지 않습니다. 이 짧은 시간 동안 우리는 편리함에 길들었고, 이런 삶에서 조금이라도 벗어나면 괴롭고 불안해집니다. 그러나 이처럼 편리하고 풍족한 삶이 언제까지 지속될지는 모를 일입니다. 좀 낯설고 번거롭더라도 소비하는 삶보다 지속 가능한 삶 쪽으로 방향을 틀어 보는 건 어떨까요? 시모어의 삶이 더 빛나는 건 그의 철학이 삶 속에 고스란히 녹아들었기 때문이었어요.

우리는 일상에서 기후 위기, 생태 위기를 체감하며 살아갑니다. 그러면서 지구는 인간만이 살아가는 곳이 아님을 깨닫게 되지요. 모든 생명은 서로 의존히면서 공생, 공존합니다. 다른 생명체와의 관계 속에서 우리의 삶을 성찰하는 태도가 더없이 중요한 때입니다. 둘째 마당에는 이러한 생태적인 관점이 담긴 글을 묶었습니다.

'풀 비린내'가 어떤 냄새인지 알고 있나요? 「풀 비린내에 대하여」에서 글쓴이는 자신이 몰던 자동차에 부딪혀 죽게 된 수많은 풀벌레를 보면서 우리가 삶의 편리함만을 추구하다 보면 다른 생명들을 죽게 할 수 있다는 것을 깨닫게 됩니다. 그리고 문명의 이기들을 아무 성찰 없이 무분별하게 사용한다면 풀벌레들이 죽으며 남긴 '풀 비린내'가 언젠가는 인간에게 '피비린내'가 되어 돌아올 것이라는 자각을 하지요. 글쓴이의 이러한 깨달음은 삶에 어떤 변화를 가져왔을까요? 여러분은 이 글을 읽고 어떤 깨달음을 얻었나요?

「화단」은 화초를 공들여 가꾸는 노인을 관찰하면서 글쓴이가 느낀 감상을 적은 글입니다. 노인은 정성스레 화초를 가꾸면서도 그것들을 자르고 변형시켜 인위적으로 모양을 만듭니다. 글쓴이는 자연은 있는 그대로가 아름답다는 인식을 가지고 있기 때문에 그러한 노인의 행동에 불유쾌해집니다. 나무를 비롯한 자연을 인간의 기준에서 판단하고 가공하는 것은 자연을 인간의 도구이자 종속된 존재로 바라보는 사고이고, 이를 경계해야 한다는 마음을 전하고자 하지요.

지구에서 살아가는 모든 생명과 환경은 서로 관계를 맺고 의존하며 살아갑니다. 지구의 주인은 인간이 아닌데도 우리는 자꾸 인간 중심적인 사고를 하고, 이는 인간과 자연이 공존하는 조화로운 삶을 막는 큰 원인이 되지요. 「죽은 새를 위하여」는 자연과 인간의 관계를 생각해 보게 하는 글입니다. 글쓴이는 자연 친화적 삶을 살겠다고 산에 큰 유리창이 있는 집을 지었다가 새를 죽게 만든 일화와 딸네 집 개의 행동에 대한 오해 등 자신의 경험을 통해 이러한 일이 모두 자연에 대한 인간 중심적인 인식에서 비롯된 것임을 깨닫습니다. 더불어 여전히 인간 중심적인 사고를 하면서도 자연과 조화를 이룰 수 있다고 생각하는 인간의 착각이 자연과의 소통을 불가능하게 만들고 있다고 이야기하지요.

　그렇다면 우리는 우리 세대와 미래 세대를 위해 어떻게 살아가야 할까요? 이러한 문제의식을 담은 '지속 가능한 발전'이라는 말이 있습니다. 이는 유엔이 채택한 전 세계적인 목표이기도 합니다. 이를 위해 우리가 무엇을 할 수 있을까요? 「아무것도 사지 않는 날」의 글쓴이는 과도한 소비의 문제점을 느끼고 물건을 사지 않는 하루를 보내려는 시도를 통해 우리가 어느덧 편리함에 길들여졌다는 것을 깨닫게 됩니다. 그러면서 소비하는 삶보다는 지속 가능한 삶을 살아가길 권하고 있지요. 우리도 글쓴이처럼 '아무것도 사지 않는 날'을 정해 실천해 보면 어떨까요?

1. 둘째 마당의 글을 읽고 아래 질문에 답해 봅시다.

❶ 「풀 비린내에 대하여」에서 글쓴이가 "인간에게는 편리하고 안락한 공간이 다른 생명을 해칠 수 있다는 자각"을 하게 된 계기를 정리해 보고, 이를 바탕으로 글 제목인 '풀 비린내에 대하여'의 의미를 생각해 봅시다.

❷ 「화단」에서 글쓴이가 노인이 가꾼 석류나무나 장미보다 더 아름답다고 생각하는 것은 무엇이었나요? 글쓴이가 그렇게 생각한 이유를 적어 봅시다.

❸ 「죽은 새를 위하여」에서 글쓴이가 "인간과 자연을 갈라놓는 건 이런 극복할 수 없는 착각이 아닐까."라고 이야기한 이유를 생각해 보고, 글쓴이의 생각에 동의하는지 자신의 의견을 정리해 봅시다.

○ 「아무것도 사지 않는 날」을 읽고, 자신에게 정말 필요한 물건은 몇 가지나 되는지 떠올려 보고 '지속 가능한 삶'을 위해 실천할 수 있는 행동에는 무엇이 있는지 써 봅시다.

2. 둘째 마당에 실린 네 편의 글 중에서 가장 인상적인 글을 골라서 아래의 양식에 따라 정리하고 친구들과 의견을 나누어 봅시다.

내가 고른 글:

인상적인 부분:

글을 읽으며 떠오른 질문:

새롭게 알게 된 것:

더 알아보고 싶은 것:

하기 싫은 일과 하고 싶은 일은 모두 한통속이다*

홍민지

가끔 인터뷰나 강연을 하면 '하고 싶은 일을 하며 사는 삶'에 대한 질문을 종종 받는다. 이 원고의 청탁을 받았을 때도 '하고 싶은 일'을 하며 살 것 같은 모습이라 이렇게 제안을 주셨다고 한다. '서울, 방송국, 피디'라는 솔깃한 키워드 덕분에 이런 오해가 생기는지도 모르겠다. 하지만 내가 현재 하고 있는 일은 그냥 '먹고살려고 하는 일' 정도로 표현하는 것이 적당할 것 같다.

나는 원래 하기 싫은 일은 죽어도 못 하는 성격이었다. 싫어하는 반찬이 올라오는 날에는 급식을 포기했고, 흥미 없는 과목은 절대 공부하지 않았다. 취향이 아닌 노래는 일절 듣지 않

---

* 이 글은 『일잘잘』(김명남 외 지음, 창비 2023)에 수록된 「프로 회사원의 하기 싫은 일 해내는 법」의 일부이다.

앉고, 관심 없는 분야의 책은 읽어 본 적이 없다. '하기 싫어.'라는 말을 입에 달고 살았던 것도 같다.

그런데 회사원 7년 차, 나는 하기 싫은 일을 매일 한다. 회사는 내가 이 일을 하고 싶은지 안 하고 싶은지 신경 쓰지 않는다. 회사에 다닌다는 건, 월급을 받는다는 건 때로는 하고 싶은 일이건 하기 싫은 일이건 주어진 일을 한다는 말이다. 그런데 왜 사람들은 내가 하고 싶은 일을 하고 산다고 생각할까.

*

돌아보면 지금 내가 하는 일은 아주 하기 싫은 일에 더 가까웠다. 학과 선배들이 방송국 피디로 입사하고 나날이 피폐해지는 걸 보면서 절대 방송국 근처에는 가지 않겠다고 다짐했다. 그때 내가 진짜 하고 싶은 일은 광고 일이었다. 그런데 대형 광고 회사 두 곳의 최종 면접에서 탈락했다. 자의가 아니라 타의로 포기할 수밖에 없었다. 취업을 준비한다고 학원에서 하던 아르바이트도 그만둔 상태라 생활비가 없었다. 취직을 시켜 주는 곳은 없고 생활비는 점점 떨어져 가던 차에 들어간 곳이 SBS 뉴미디어국의 '스브스뉴스' 인턴 자리였다. 정규직이 될지 안 될지도 모르는 불안한 위치에, 당시 사회에서는 내또래를 '88만 원 세대'라고 불렀는데 그에도 못 미치는 87만원을 받는 자리였다. 그래도 목동 SBS는 우리 집에서 걸어서

갈 수 있는 거리여서 교통비를 아낄 수 있다는 장점이 있었다.

회사에서도 인턴에게 많은 걸 기대하지는 않는 것 같았다. 게다가 레거시* 방송국에서 '뉴미디어'라는 분야는 메인 요리가 아니라 고급 레스토랑의 품격을 실추시키지만 않으면 다행인 테스트 메뉴 같은 존재였다. 회사 선배들은 뉴미디어는 전망이 불투명하다고, 아직 젊을 때 다른 일을 찾아보라고 했다. 하고 싶던 일도 아니었고, 안정적인 일자리도 아니었지만 달리 갈 곳도 없었다. 찬밥 더운밥 가릴 때가 아니었다. 일단 살아남는 게 먼저였다. 다른 선택지도 없는데 지금 나에게 주어진 일을 해야지 어쩌겠는가.

그렇게 일을 시작하고 나를 가장 괴롭게 한 일은 기획안을 쓰는 것도 아니고 제작비를 정산하는 일도 아닌 바로 편집이었다. 긴 시간이 걸리는 파일 백업, 싱크 맞추기, 자막 달기, 모두 재미는커녕 고통스럽고 인내만이 답인 과정이다. 밤을 꼬박 새워야 하는 날이 부지기수였고, 장시간 모니터를 보며 편집을 하다 보니 눈도 나빠지고 귀에서 덜컹거리는 소리가 들렸다.

내가 처음 편집한 영상은 세계 기록을 세운 다이버에 대한 30초 내외의 영상이었다. 관심 있는 주제는 아니었지만 팀장

---

* 레거시(legacy) '자산, 유산'을 뜻하는 말로, 여기서는 오래된 미디어를 가리킨다. 레거시 미디어는 디지털 혁명 이전에 주로 사용되던 신문, 라디오, 텔레비전 같은 전통적인 매체들을 가리킨다.

님이 시키니까 꾸역꾸역 만들었다. 고등학교 시절 가장 싫어하던 과목이 체육과 정치였는데 하필 내가 인턴으로 근무하던 시절 월드컵이 열렸고 정권도 바뀌었다. 자연스럽게 스포츠와 정치에 대한 콘텐츠를 수도 없이 제작해야만 했다. 하지만 나의 장점이라면 눈앞의 현실에 얍삽하게 순응할 줄 안다는 것이다. 어쩌겠는가. 먹고살려면 일을 해야 한다. 군말 없이 편집을 했다. 이왕 하는 거 잘하려고 애썼다. 편집을 잘하고 싶어서 가장 먼저 출근해서 가장 늦게 퇴근했다. 엉성한 실력을 극복할 수 있는 방법은 엉덩이 싸움밖에 없었다. 영상 내용이야 내 관심 분야가 아니더라도 적어도 편집 기술 하나 정도는 얻어 갈 수 있지 않은가. 어느새 이상하게 내가 편집을 잘한다는 소문이 돌았다. 그리고 하기 싫은 것만 시키던 팀장님이 새로운 기회를 던져 줬다. 프로그램 하나를 단독으로 연출해 보라는 것이다. 그렇게 기획을 시작한 것이 「문명특급」이라는 프로그램이다.

　내가 편집보다 더 싫어하는 일이 있다면 글쓰기다. 글을 써야 할 일이 생기면 책상 앞에 앉아 노트북을 덮었다 열었다를 반복한다. 방송사 시험 준비를 할 때도 작문 연습을 할 때 가장 때려치우고 싶었다. 지금 이 원고를 쓰고 있는 순간도 괴롭기는 마찬가지다. 그런 내가 책 한 권을 출간했다. 친구들을 만날 시간, 퇴근 후 휴식 시간, 가족과의 여행을 모두 포기하며 노트북을 붙잡고 매달린 결과다. 글을 쓰는 건 싫지만, 내 이야기는 전하고 싶었다. 내 책은 우리 가족 사이에서 한동안 소소하게 논란이었다. 논술 학원은 다니기 싫다고 그렇게 땡땡이를 치더니 어떻게 책을 쓴 거냐며 대필 의혹을 제기한 것이다. (책을 찬찬히 읽어 보신 부모님께서는 대필이라기엔 글솜씨가 빼어나지 않다며 다행히 의심을 거두셨다.) 원고를 쓰는 시간은 고통스러웠지만 출간 후 독자들이 내 이야기를 재미있게 읽었다는 후기를 들을 때면 도파민*이 폭발한다. 하기 싫은 일만 했는데, 하고 싶은 일을 하게 됐다.

*

학교라는 우물 안에서 나와 사회에서 직업인으로 살면서 뼈저리게 느낀 것은 현실에서는 원하는 것만 갖는 방법은 없다는 것이다. 말하자면, 하고 싶은 일과 하기 싫은 일은 1+1 행사 상품이다. 하고 싶은 일을 하려면 하기 싫은 일도 해야만 했다. 하기 싫은 일을 잘할 때까지 하다 보니 좋아하는 일을 할 수 있게 되었다. 하기 싫은 편집을 하고 쓰기 싫은 글을 썼더니 사람들에게 새로운 이야기를 전달할 수 있게 되었고, 좋은 동료들과 원하는 프로그램을 만들 수 있게 되었다.

---

* **도파민**(dopamine) 중추 신경계에 존재하는 신경 전달 물질의 일종. 머릿골 신경 세포의 흥분 전달에 중요한 구실을 한다.

회사원 7년 차, 나는 이제 하고 싶은 일과 하기 싫은 일을 나누지 않는다. 그저 해야 하는 일과, 안 해도 되는 일이 있을 뿐이다. 염세적*으로 들린다면 틀렸다. 눈앞에 있는 일을 묵묵히 하는 게 아직 알지 못하는 새로운 세계를 열어 준다는 걸 안다. 싫어하던 깻잎을 먹어 보니 맛의 새로운 세계가 열렸던 것처럼, 하기 싫은 영어 공부를 했더니 자막이 없는 영화도 볼 수 있게 되었던 것처럼, 하기 싫은 일이 주어지면 이 일이 나를 어떤 좋은 일로 이끌지 모른다고 생각하면서 버티려고 노력 중이다. 하고 싶은 일과 하기 싫은 일은 어차피 한통속이다.

＊ **염세적** 세상을 싫어하고 모든 일을 어둡고 부정적인 것으로 보는 것.

나만의 지도를 그리는 법*

정
재
승

　제가 2008년에 터키*의 한 의학회로부터 강연 초청을 받았
어요. 이스탄불 옆에 테키르다라는 작은 도시에서 학회가 열
리는데, 제가 했던 '주의력 결핍 과잉행동 장애(ADHD) 아동
에 대한 뇌파 연구'에 관해 발표해 달라는 초청이었습니다. 덕
분에 터키를 처음 가게 됐습니다. 이스탄불, 비잔틴 제국의 수
도! 동서양이 만나는 곳! 그래서 굉장히 설레는 마음으로 터
키로 떠났습니다.

　테키르다까지 이스탄불에서 차로 두 시간 정도 걸린다고 해
서, 공항에서 차를 빌리고 운전해서 가야겠다고 생각했습니

---

* 이 강연은 12개의 강연을 묶은 『열두 발자국』(어크로스 2018)의 첫 번째 강연 「선택하는 동안 뇌
에서는 무슨 일이 벌어지는가」의 일부이다. 교과서에 수록되면서 집필진이 글 제목을 다시 달
았다.
* 터키 '튀르키예'의 영어 이름. 2022년부터 나라 이름이 터키 공화국에서 '튀르키예 공화국'(약칭
튀르키예)으로 변경되었다. 국명이 변경되기 이전에 쓰인 이 글에서는 '터키'로 표기했다.

셋째 마당 ● 성찰하는 삶

다. 그 학회에서 보내 준 자료들을 모두 프린트해서 가방에 넣고, 11시간 넘게 비행기를 타고 이스탄불에 내렸습니다. 학회 발표 당일 오후 1시 도착이었습니다. 제 발표는 그날 저녁 8시로 예정돼 있었습니다. 제 발표가 학회의 마지막 발표였습니다. 혹시나 늦을지 모르니까 저를 맨 마지막 연사로 해 달라고 요청했거든요.

이스탄불에서 내려서 차를 빌리고, 태어나서 처음 가 보는 테키르다라는 곳으로 지도를 옆에 끼고 출발했습니다. 정말로 두 시간 정도 운전하니 테키르다가 나오더군요. 그런데 생각해 보니까 학회가 테키르다에서 열린다는 건 알겠는데, 테키르다 어디에서 하는지는 모르겠는 거예요. (웃음) 제가 터키의 학회에 발표하러 간다는 사실은 몇 달 전에 결정됐는데, 그동안 그 학회가 테키르다 어디에서 열리는지에 대해서는 한 번도 물어본 적도, 주최 측으로부터 들어 본 적도 없다는 걸 그제야 알게 된 거죠. 저는 아마도 테키르다가 아주 조그만 동네라고 생각했던 것 같아요. 제가 가면 '축 환영!' 같은 플래카드가 붙어 있고, 도저히 길을 잃을 수 없는 상황에서 '여기구나!' 하고 바로 알 수 있으리라 생각했던 거죠. 알고 보니 테키르다는 우리나라로 따지면 일산 정도 크기의 도시였어요.

도착했더니 오후 4시 무렵, 제 강연은 저녁 8시. 차를 타고 미친 듯이 테키르다의 구석구석을 돌아다니기 시작했습니다. 학회가 열릴 법한 곳들을 뒤지기 시작한 겁니다. 먼저 제일 큰 호텔로 가서 "여기서 혹시 오늘 학회가 열리고 있나요?"라고 묻고, 아니라고 하면 "그러면 혹시 어디서 열릴 거 같으세요?"라고 묻고, 다음 호텔로 가서 같은 짓을 반복했습니다. 큰 호텔들을 다 돌아다녔는데, 결국 허탕이었습니다.

두 번째는 대학. 대학 캠퍼스를 돌아다니면서 플래카드를 봤는데 어디에도 없어요. 시간은 거의 7시 반. 이제 30분밖에 안 남았는데 저는 덩그러니 그 도시 한복판에 있는 거예요. 이제는 전략도 없어요. 인터넷에 들어가서 그 학회를 막 찾았는데, 어느 웹페이지에도 '테키르다'까지만 나와 있었어요. 운전하면서 미친 듯이 도시를 헤매는데, 라디오에서 8시 시보가 울리더군요. 저는 아직도 그 도시 한복판에서 운전을 하고 있는데 말이죠.

그런 상황이 되니까요, 사람이 참 희한하게도 시간이 이미 지났는데도, 그래서 도착해 봤자 아무 소용이 없는데도 계속 학회 장소를 찾아 헤매게 되더라고요. 밤 10시까지 그 도시를 정처 없이 돌아다녔습니다. 학회가 도대체 어디에서 열렸던 걸까를 생각하면서…… 사실 밤 10시에 그 학회가 어디에서 열리는지를 알게 된다 한들 무슨 의미가 있겠어요, 다 끝났을 텐데요. 그런데도 미친 듯이 계속 돌아다니는 거예요. 그 도시를! 그 지도를 보면서요. 차로 테키르다를 돌아다니는 4시간 동안 '아, 나는 이제 학계에서 매장되는 것인가, 다시 터키에 입국할 수 있을까, 너무 미안하다.' 등등 제 머릿속에서 온갖 생각들이 다 났겠죠. 제가 오늘 이 강연에 안 왔다고 한번 상상해 보세요. 그렇게 그 도시를 미친 듯이 돌아다니고 나서 10시쯤 되어서야 제정신이 들더라고요. 자, 이제 깨끗하게 포기! 마음 깊숙한 곳에 엄청난 짐이 있으나, 그쯤 되니까 자포자기가 되더라고요. 그러고 나서 저는 아까 돌아다니면서 봐 두었던 작은 호텔에 들어가서 잤어요.

여러분이 생각하시는 그런 반전은 없습니다. 아침에 일어났더니 학회 장소가 바로 이 호텔이었더라 같은 그런 일은 벌어지지 않아요. (웃음) 그건 영화에서나 벌어지는 일이에요. 그 호텔에서 그냥 푹 잤어요. 아침에 일어나서, 그 마을에서 제일 경치가 좋은 레스토랑에서 아침을 먹었어요. 어제 봐 두었던 제일 좋은 산책로를 걸었고, 제일 근사한 호텔에서 점심도 먹었어요. 바닷가를 걷고, 산도 탔어요. 저는 그날 늦은 오후가 되어서야 이스탄불로 돌아왔어요.

그런데 이스탄불로 돌아오는 차 안에서 저는 깊은 깨달음을 얻었어요. 제가 전날 미친 듯이 도시를 돌아다녔잖아요. 그랬더니 머릿속에 테키르다 지도가 훤히 그려지는 거예요. 그래서 '아침은 어디서 먹고 싶다, 여길 걷고 싶다, 점심은 여기서 먹으면 좋겠다, 이 산은 올랐으면 좋겠다, 이 꽃길을 다시 가 봤으면 좋겠다.' 이런 생각이 들더군요. 저는 그 도시의 진짜 좋은 곳을 모두 즐기고 돌아왔습니다.

여러분, 혹시 도시에서 길을 잃은 적이 있으세요? 내가 어디로 가야 할지 모르고, 그래서 미친 듯이 돌아다녔더니 그 도시를 잘 알게 되는. 저에게는 바로 그게 인생의 큰 경험이었어요. 우리는 평소 길을 잃어 본 경험이 별로 없죠. 길을 잃어 본 순간, 우리는 세상에 대한 지도를 얻게 됩니다. 우리는 적극적으로 방황하는 법을 배워야 합니다.

제가 연구실 대학원생들 외에 학부 학생이나 다른 학교 학생들을 대상으로 목요일 오후마다 면담을 해요. 저에게 면담 신청을 하면, 누구나 저와 차 한잔을 마시면서 얘기를 나누는 겁니다. 물론 워낙 인기가 있으니 늘 몇 달 치 예약이 밀려 있겠죠. (웃음) 학생들이 저와 만나서 고민을 얘기하잖아요. 그 고민의 70퍼센트는 이런 거예요. '내가 하고 있는 게 재미없는 건 아니다. 하려면 할 수 있다. 그런데 이거 아니면 안 된다는 절실함은 없다. 정말 좋아하는 게 뭔지 잘 모르겠다. 대학원에 가야 할지, 의학전문대학원에 가야 할지, 취직해서 회사를 다닐지, 유학을 갈지, 뭐든 하라고 정해 주면 하겠는데, 내가 정말 원하는 게 뭔지는 잘 모르겠다.' 대개 이런 식입니다.

내가 정말로 원하는 게 뭔지를 알려면 세상에 대한 지도가 있어야 합니다. 그래야 내가 어디에서 뭘 하고 싶은지, 누구와 함께 어떤 일을 해야 행복한지 내가 그린 그 지도 위에서 발견할 수 있습니다. 학교는 젊은이들에게 지도 기호와 지도 읽는 법을 가르쳐 주고, 목적지까지 빠르게 도착하는 법을 알려 줍니다. 학교는 학생들이 길을 잃지 않게 하려고 길 찾기를 열심히 훈련시켜 세상에 내보냅니다. 하지만 여러분이 세상에 나가서 제일 먼저 해야 할 일은 지도를 그리는 일입니다. 누구도 여러분에게 지도를 건네주지 않습니다. 세상에 대한 지도는 여러분 스스로 그려야 합니다. 세상은 어떻게 변할지, 나는 어디에 가서 누구와 함께 일할지, 내가 관심 있는 분야의 10년 후 지도는 어떤 모습일지, 나는 누구와 함께 이 세상을 살아갈지, 내가 추구하는 가치는 지도 위 어디에 있는지, 자신만의 지도를 그려야 합니다. 아무도 여러분에게 지도를 주지 않아요.

세상에 나온 우리는 적극적으로 방황하는 기술을 배워서 자기 나름대로 머릿속에 지도를 그리는 일을 해야 합니다. 실패하더라도 수많은 시도를 해 보고, 주변에 있는 사람들을 귀찮게 하고, 직접 가서 여행하고, 책을 통해 간접 경험을 하면서 내가 관심 있는 분야의 전체적인 지도가 어떻게 생겼는지 알아야 해요. 사람들이 그 지도 위에서 어디에 모여 있는지 파악하고, '나는 사람들이 없는 어딘가에 가야겠다.' 혹은 '나와 뜻을 같이하는 사람들이 모인 그곳에 가야겠다.'라고 마음을 먹는 거죠. '이거 아니면 안 된다.'라고 내 인생을 올인할 만한 선택을 하려면, 여러분의 머릿속에 그 지도가 있어야만 해요. 그래야 후회 없는 선택을 할 수 있겠죠.

그런데 우리 사회는 지도를 그리기 위한 '방황의 시간'을 젊은이들에게서 박탈하고 있습니다. 학기가 끝나도 방학 동안 끊임없이 스펙을 쌓게 만들고, 조금이라도 실수하면 뒤로 밀리는 세상으로 그들을 내몰고 있습니다. 다들 남들이 뭘 하는지 보고, 남들이 가는 데로 우르르 몰려가는 거죠. 집단적 선택 안에 있을 때 나약한 개인은 안전함을 느낍니다. "저 정도 성적이면 이런 걸 하더라고요." "제 상황이면 다들 고시를 준비하더라고요." "뭐, 일단 대기업에 쭉 넣어 보는 거지요." 제가 학부생들에게 만날 듣는 얘기입니다. 타인의 욕망을 나의 욕망인 줄 착각하도록 부추기는 세상입니다.

　젊은이들에게 당부하고 싶습니다. 세상에 대한 여러분만의 지도를 그려 보았으면 좋겠습니다. 젊은 시절에 자신만의 지도를 그리지 못하면 40대, 50대, 60대가 되어서도 남의 지도를 기웃거리게 됩니다. 남의 지도를 뜯어내 대충 맞춘 '누더기 지도'를 들고, 그걸 자기 지도라고 믿게 됩니다. 먼저 세상을 살아 낸 여러분에게 후배들은 틀림없이 물어볼 겁니다. "앞으로 세상은 어떻게 변할까요?" 젊은 시절 지도 그리기를 게을리하면, 여러분만의 시각이 담긴 지도를 그들에게 보여 줄 수 없습니다. 지도를 그리는 빠른 방법이란 없습니다. 길을 잃고 방황하는 시간만이 온전한 지도를 만들어 줍니다. 유치원생의 마음으로 미친 듯이 세상을 탐구하세요. 그 과정에서 자신만의 지도를 얻게 되는데, 그 지도가 아무리 엉성하더라도 자신만의 지도를 갖게 되면 그다음 계획을 짜고 어디서 머물지를 계획할 때 큰 도움이 됩니다. 그리고 우리는 남은 인생 동안 그 지도를 끊임없이 조금씩 업데이트하는 과정을 거쳐야 합니다.

누군가가 여러분에게 길을 물어보면 여러분의 지도를 보여 주며 '나는 이 지도로 내가 갈 곳과 머물 곳을 정했다.'고 떳떳하게 말할 수 있어야 합니다.

좋은 선택에 관해 뇌를 탐구하는 과학자들이 밝혀낸 연구 결과를 들려드렸습니다. 뇌를 찍고 여러 가지 실험을 하면서 탐구하는 과정을 통해 저희가 결국 알아낸 것은 '유치원생의 마음으로 일단 시도해 보라.'는 겁니다. 그러면 그 시도가 시도 자체로 끝나지 않고, 나만의 지도를 그리는 데 기여하리라 생각합니다. 여러분의 앞날에 근사한 선택들이 기다리고 있기를 기대합니다. 인생을 마라토너가 아니라 탐험가의 마음으로 살아가시길 기대합니다. 여러분의 탐험에 흥미로운 행운들이 잔뜩 깃들길! 마지막 목표가 아니라 그 여정에서 말입니다.

그 시절 우리들의 집

공선옥

저녁 어스름이 내리고 있을 무렵이었다. 돌확*에 곱게 간 보리쌀을 솥에 안쳐 한소끔* 끓여 내놓고서 쌀 한 줌과 끓여 낸 보리쌀을 섞으려고 허리를 구부리는 순간 산기가 느껴졌다. 아낙은 서두르지 않고 침착하게 쌀과 보리를 섞은 다음 아궁이에 불을 지펴 놓고 텃밭으로 갔다.

장에 간 남편은 어디서 술을 한잔하는지 저녁이 되어도 돌아오지 않고 이제 곧 세상에 나오려고 신호를 보내기 시작한 배 속의 아기 위로 셋이나 되는 아이들은 저녁의 골목에서 제 어미가 저녁밥 먹으라고 부르기를 기대하며 왁자하게 놀고 있었다.

아낙은 저녁 찬거리로 텃밭의 가지와 호박을 따다가 잠시

---

* **돌확** 돌로 만든 조그만 절구.
* **한소끔** 한 번 끓어오르는 모양.

땅바닥에 쭈그리고 앉았다. 배 속의 아기가 이번에는 좀 더 강한 신호를 보내왔다. 아낙은 진통이 가시기를 기다려 찬거리를 안아 들고 텃밭을 나왔다. 아궁이에서 밥이 끓기 시작하자 텃밭에서 따 온 가지를 끓고 있는 밥물 위에 올려놓고 호박과 호박잎을 뚝뚝 썰어 톱톱하게* 받아 놓은 뜨물*에 된장국을 끓이고 오이채를 썰어 매콤한 오잇국을 만들어서 저녁상을 차렸다. 그러고 나서 아이 낳을 채비를 하기 시작했다.

물을 데워 놓고 끓는 물에 아기 탯줄 자를 가위를 소독하고 미역도 담가 놓고 안방 바닥에 짚을 깔고 그 위에 드러누웠다. 장에 가서 술 한잔 걸치고 뱃노래를 흥얼거리며 아낙의 남편이 막 사립문을 들어섰을 때 안방 쪽에서 갓 태어난 아기 울음소리가 들려오고 있었다. 순산이었다. 남편은 늘 그래 왔듯이, 첫째 때도 둘째 때도 셋째 때도 그러했듯이, 술 취한 기분에도 부엌으로 들어가 아내가 미리 물에 담가 둔 미역을 씻어 첫국밥*을 끓였다. 첫국밥을 끓여서 아내에게 들여놓아 주고 나서 남편은 사립문 양쪽에 대나무를 세우고 새끼줄에 검은 숯과 붉은 고추를 끼워 대나무에 매달았다. 넷째 아들이 태어나던 날 밤.

그의 어머니는 그렇게 팔 남매를 낳았다. 집은 토담집이었다. 그의 아버지와 어머니가 신접살림*을 나면서 손수 지은 집

＊ **톱톱하다** 국물이 연하지 않고 진하다.
＊ **뜨물** 곡식을 씻어 내 부옇게 된 물.
＊ **첫국밥** 아이를 낳은 뒤에 산모가 처음으로 먹는 국과 밥.

이었다. 판판한 주춧돌 위에 튼튼한 소나무 기둥을 세우고 지붕을 만들었다. 마을에서는 그렇게 새 집 짓는 일을 '성주* 모신다.'고 했다. 마을 남정네들은 집 짓는 일을 돕고 아낙들은 음식을 만들었다. 황토에 논흙을 섞고 짚을 썰어 넣어 지붕 흙을 만들고 몇 사람은 지붕 위로 올라가고 몇 사람은 마당에 길게 서서 다 이겨진 흙을 지붕 위로 올렸다.

대나무나 뽕나무로 미리 살을 만들어 놓은 위에 차진 흙이 발라졌다. 흙이 마르면 노란 짚을 엮어 지붕을 이었다. 이제 그 지붕은 아무리 비가 많이 와도 아무리 거센 바람이 불어도 끄떡없을 것이었다. 지붕이 다 만들어지자 벽을 만들었다. 지붕에서처럼 대나무로 살을 만들고 흙을 바르고 그리고 구들장*을 놓았다. 노란 송판*을 반들반들하게 켜서 마루도 만들었다.

그와 그의 형제들은 바로 그 집에서 나고 그 집에서 컸다. 노란 흙벽, 노란 초가지붕, 노란 마루, 노란 마당, 정다운 노란 집. 그 집의 봄 여름 가을 겨울. 봄 여름 가을 겨울의 아침과 낮과 저녁과 밤이 그 집 아이들의 성장에 함께 있었다. 그는 그 집의 봄 여름 가을 겨울과 봄 여름 가을 겨울의 어느 아침과 낮과 저녁과 밤을 먼 훗날까지 그의 영혼 깊은 곳에 간직해 두고

* **신접살림** 처음으로 차린 살림살이.
* **성주** 가정에서 모시는 신의 하나. 집의 건물을 수호하며, 가신 가운데 맨 윗자리를 차지한다.
* **구들장** 방바닥을 만드는 얇고 넓은 돌.
* **송판** 소나무를 켜서 만든 널빤지.

서는 몹시 힘들고 고달픈 도시에서의 봄 여름 가을 겨울의 어느 아침과 낮과 저녁과 밤에 마음속의 보석처럼 소중한 그 추억들을 끄집어내 보고는 했다.

그 집은 그 집 아이들에게 작은 우주였다. 그곳에는 많은 비밀이 있었다. 자연 속에는 눈에 보이는 것 말고도 눈에 보이지 않는 무한한 비밀이 감춰져 있었다. 그는 그 집에서 크면서 자연 속에 감춰진 비밀들을 깨달아 갔다.

석양의 북새,* 혹은 낮게 깔리는 굴뚝 연기를 보고 그는 비설거지*를 했다. 그런 다음 날은 틀림없이 비가 올 것이므로. 비가 온 날 저녁에는 또 지렁이가 밤새 운다는 것을 그는 알고 있었다. 똑또르 똑또르 하는 지렁이 울음소리, 냄새와 소리와 맛과 색깔과 형태들이 그 집에서는 선명했다. 모든 것들이 말이다. 왜냐하면 봄과 여름과 가을과 겨울과 아침과 낮과 저녁과 밤이 그 집에서는 뚜렷했으므로. 자연이 그러한 것처럼 사람들의 삶이 명료했다.

이제 그 집을 떠난 그에게는 모든 것이 불분명하다. 아침과 저녁이 불분명하고 사계절이 불분명하고 오감이 불분명하다. 병원에서 태어나 수십 군데 이사를 다니고 나서 겨우 장만한 아파트. 그 사각진 콘크리트 벽 속에 살고 있는 그의 아이는 여

---

* 북새 '노을' 혹은 '북풍'의 사투리.
* 비설거지 비가 오려고 하거나 비가 올 때, 비에 맞으면 안 되는 물건을 치우거나 덮는 일.

름에 긴소매 옷을 입고 겨울에 반소매 옷을 입는다.

돈은 은행에서 나고 먹을 것은 슈퍼에서 나는 것으로 아는 아이는, 수박이 어느 계절의 과일인지 분간하지 못하는 아이는 그래서 봄 여름 가을 겨울을 알지 못한다. 아침저녁의 냄새와 소리와 맛과 형태와 색깔이 어떻게 다른지 알지 못한다.

어머니의 부음*을 듣고 그는 그가 나고 성장한 그 노란 집으로 갔다. 팔 남매를 낳고 기르느라 조그마해질 대로 조그마해진 어머니는 바로 자신의 아이들을 낳았던 그 자리에 자신의 몸을 부려 놓고 있었다.

그 집, 노란 그 집에 탄생과 죽음이 있었다. 그 집 안주인의 죽음 이후 그 집은 적막해졌다. 아무도 그 집에 들어와 살지 않을 것이며 누구도 아이를 그 집에서 낳지 않을 것이며 그러므로 죽음 또한 그 집에서는 일어나지 않을 것이다. 그 집의 역사는 그렇게 끝이 난 것이다.

우리들의 어머니의 죽음과 함께 조왕신*과 성주신이 살지 않는 우리들의 집은 이제 적막하다. 더 이상의 탄생과 죽음이 없는 우리들의 집은 쓸쓸하다.

우리는 오늘 밤도 쓸쓸한 집으로 돌아들 간다.

---

* **부음** 사람이 죽었다는 것을 알리는 말이나 글.
* **조왕신** 부엌을 맡는다는 신. 늘 부엌에 있으면서 모든 길흉을 판단한다고 한다.

고래를 춤추게 하는 것은

장대익

사람은 끊임없이 어떤 행동을 하며 살아간다. 누군가는 춤을 추고 누군가는 여행을 떠나기도 한다. 또 학교에서 공부하기도 하고 회사로 출근해서 일하기도 한다. 사람이 무엇을 하기 위해서는 목표를 향해 나아가도록 밀어주는 힘이 있어야 하는데 이것을 동기(動機)라고 한다.

심리학자들에 따르면 동기에는 외재 동기와 내재 동기가 있다. 외적 보상을 받으려고 어떤 행동을 한다면 외재 동기에 의한 것이다. 공부를 열심히 하면 부모가 선물을 준다는 말을 듣고 아이가 그렇게 행동한 경우 그 아이의 행동은 외재 동기가 작용한 것이다. '칭찬은 고래를 춤추게 한다.'라는 말에서 '칭찬'도 결국 외적 보상이다. 반면에 무엇을 할 때 그 과정 자체에 의미를 두거나 자신의 만족감을 위해 어떤 행동을 한다면 내재 동기가 작용한 것이다. 즉 과학이 단지 재미있어서 공부하고, 어려운 사람을 돕는 일에 보람을 느껴서 봉사하는 것은 내재 동기가 작용했기 때문이다. 그렇다면 우리는 외재 동기와 내재 동기 중 어떤 것에 따라서 살아야 할까?

인간이 문제를 해결하는 데에 동기가 어떤 영향을 주는지 알아보는 실험을 살펴보자. 우선 창의성을 발휘하는 문제를 아이들에게 풀게 하였다. 보상을 준다는 말을 하지 않고 풀라고 하니 문제를 해결하는 데에 평균 15분이 걸렸다. 이번에는 문제를 풀면 보상을 주겠다는 상황을 만들고 두 가지 조건을 설정하였다. 하나는 원래 문제를 그대로 풀게 하는 것이고, 다른 하나는 원래 문제를 쉽게 조정하여 문제를 풀게 하는 것이다. 실험 결과는 매우 흥미로웠다. 쉽게 조정한 문제는 대개 15분 이내로 다 풀었지만, 원래 문제를 푸는 데에는 18분이나 걸렸다. 보상이 없을 때보다 오히려 3분이나 더 걸린 것이다.

동기에 관한 이 실험은, 외적 보상이 쉬운 문제를 푸는 데에는 효과적이지만, 어려운 문제를 푸는 데에는 오히려 방해가 된다는 사실을 보여 준다. 만일 어떤 회사가 성과급* 규정이 있어서 잘 돌아가는 곳이라면, 역설적으로 쉬운 업무만 해결하려는 조직일 수도 있다.

'외재 동기면 어떤가, 칭찬이든 다른 보상이든 결과만 좋으면 되지 않을까?'라고 생각할 수 있다. 자녀가 열심히 공부하

---

* 성과급 업무의 성과를 기준으로 임금을 지급하는 방식. 또는 그런 임금.

게끔 보상을 이야기하는 부모의 마음도, 유능한 직원을 데려오려고 연봉을 올려 주는 회사 대표의 마음도 이해할 수 있다. 그러나 외적 보상만을 좇는 것에는 문제가 있다. 먼저 외적 보상을 좇는 사람들을 관리하는 것은 어려운 일이다. 작은 장난감에서 시작한 외적 보상이 게임기가 되고 자동차가 되더니 나중에는 집 한 채가 될 수도 있기 때문이다. 또 보상받는 사람의 입장도 마냥 좋지만은 않다. 보상해 주는 사람과 끝없이 갈등을 빚고 남들과도 끝없이 비교하게 되어 마음이 황폐해지기 때문이다. 외재 동기만을 가진 직원이 많은 조직을 상상해 보자. 그곳에는 경쟁과 비교, 시기와 질투, 배신과 지배가 널리 퍼져 있을 것이다. 이런 곳에서 일하고 싶은 사람은 별로 없다.

그런데 우리에게는 외재 동기 외에 내재 동기도 있다 외적 보상에 연연하지 않고 자신이 무엇을 하는 과정과 그 과정에서 기쁨을 느끼는 사람들이 있다. 그들은 내재 동기에 따라서 행동하며 충분히 행복하게 살아간다.

수학의 노벨상이라 불리는 필즈상*을 받은 허○○ 교수가 인터뷰한 내용을 보고 '학자의 내재 동기란 이런 것이구나.'라는 생각을 하였다. 허 교수는 수학을 왜 공부하게 되었는지, 그에게 수학 연구란 무엇이냐는 질문에, "재미있어서, 인간이 얼

---

* **필즈상**(Fields Medal) 4년마다 열리는 국제 수학자 회의에서 뛰어난 업적을 올린 수학자에게 주는 상.

마나 깊게 생각할 수 있는지 알고 싶어서 수학 공부를 합니다. 저에게 수학 공부는 마라톤을 뛰려고 매일 근력 운동을 즐기는 것과 같습니다."라고 하였다. 그는 언론에 주목받는 것보다 하루 4시간 정도라도 수학 연구에 몰두하는 것이 인생의 낙이라고 한다.

유명한 물리학자 리처드 파인먼은 노벨 물리학상을 받은 후 이런 인터뷰를 한 적이 있다. "상을 받을 만한 연구인지를 판단하는 왕립스웨덴과학아카데미*의 결정이 의미 있다고 생각하지 않는다. 내게는 새로운 것을 발견하는 과정이 기쁨이고, 다른 사람이 그 발견을 활용하는 모습을 보는 것 자체가 이미 큰 상이다."라고 말했다. 그의 인터뷰에는 내재 동기를 통해 느낄 수 있는 삶의 기쁨이 드러나 있다.

국제 피아노 대회에서 우승한 임○○ 씨는 대회에 출전한 까닭을 묻는 기자에게 "내 음악이 얼마나 성숙했는지 확인하고 싶어서."라고 대답하였다. 또 그는 "음악 앞에서는 모두가 학생입니다. 제가 특별한 위치에 있다고 생각하지 않습니다. 대회에 출전해서 더 배우고 싶은 마음이 커졌습니다."라고 말하며 자신이 대회에 나간 까닭은 우승이 아니라고 강조하였다. 오히려 대회에서 우승한 후 마음이 심란해진 그는 산에서

＊ **왕립스웨덴과학아카데미** 1739년에 수학과 자연 과학의 연구 증진을 주요 목적으로 설립한 비정부 독립 기관. 매년 노벨 물리학상 노벨 화학상. 노벨 경제학상 수상자를 정한다.

피아노만 치고 싶다고 하였다. 피아노를 연주하는 것 자체가 그에게 가장 큰 행복이기 때문이다.

큰 상을 받은 사람들이니까 평범한 사람들과는 생각이 다르다고 할지도 모른다. 평범한 사람들은 내재 동기로 삶을 살아가기 어렵다고 생각할 것이다. 하지만 이들은 평생 수많은 찬사를 받아 왔다. 우리보다 외재 동기의 유혹을 더 많이 받았을 것이다. 이런 그들이 하는 이야기이다. 진정한 기쁨은 내면으로부터 나오는 것이라고……. 상을 타거나 누군가로부터 칭찬을 듣거나 남과의 경쟁에서 승리해서 기쁘고 행복한 삶을 사는 것이 아니다.

기업에서 일 잘하는 직원 중에는 회사에서 능력을 인정받고 동료들과의 관계도 원만하지만, 상사가 시키는 일만 하는 자신이 행복하지 않다는 이들이 있다. 우리나라의 고등학생들도 마찬가지다. 아침 일찍 일어나 학교에 가고 오랫동안 수업을 들으며 끊임없이 경쟁에 시달린다.

외부의 압력이 아니라 스스로 선택하고 결정해서 행동할 때에 내재 동기가 나온다. 그렇게 살아야 행복해진다. 내재 동기를 등한시*한다면 우리는 주변의 시선이나 환경에 휩쓸리는 인생을 살게 되어 불행해진다. 고래가 진정으로 기쁨을 느끼며 춤을 추게 하려면 조련사의 칭찬이 아니라 바다에서 마음

* 등한시 소홀하게 보아 넘김.

껏 헤엄칠 수 있는 자유를 주어야 한다. 당신이 진짜 하고 싶은 것은 무엇인가?

수오재기(守吾齋記)*

정약용

수오재(守吾齋), 즉 '나를 지키는 집'은 큰형님*이 자신의 서재에 붙인 이름이다. 나는 처음 그 이름을 보고 의아하게 여기며, "나와 단단히 맺어져 서로 떠날 수 없기로는 '나'보다 더한 게 없다. 비록 지키지 않는다 한들 '나'가 어디로 갈 것인가. 이상한 이름이다."라고 생각했다.

장기(長鬐)*로 귀양 온 이후 나는 홀로 지내며 생각이 깊어졌는데, 어느 날 갑자기 이러한 의문점에 대해 환히 깨달을 수 있었다. 나는 벌떡 일어나 다음과 같이 말했다.

---

* **수오재기** '수오재'는 '나를 지키는 집'이라는 뜻이다. '기(記)'는 여러 가지 사물에 관해 기술한 산문 문학의 한 형식을 말한다.
* **큰형님** 정약현(丁若鉉, 1751~1821)을 말함. 신유박해(1801)로 집안이 풍비박산 났지만, 자신과 집안을 잘 지켜 냈다.
* **장기** 경상북도 포항시 장기면. 정약용은 신유박해로 인해 그해 3월에서 10월까지 장기에서 유배 생활을 했다.

천하 만물 중에 지켜야 할 것은 오직 '나'뿐이다. 내 밭을 지고 도망갈 사람이 있겠는가? 그러니 밭은 지킬 필요가 없다. 내 집을 지고 달아날 사람이 있겠는가? 그러니 집은 지킬 필요가 없다. 내 동산의 꽃나무와 과실나무들을 뽑아 갈 수 있겠는가? 나무뿌리는 땅속 깊이 박혀 있다. 내 책을 훔쳐 가서 없애 버릴 수 있겠는가? 성현(聖賢)*의 경전은 세상에 닐리 퍼져 물과 불처럼 흔한데 누가 능히 없앨 수 있겠는가. 내 옷과 양식을 도둑질하여 나를 궁색하게 만들 수 있겠는가? 천하의 실이 모두 내 옷이 될 수 있고, 천하의 곡식이 모두 내 양식이 될 수 있다. 도둑이 비록 훔쳐 간다 한들 하나둘에 불과할 터, 천하의 모든 옷과 곡식을 다 없앨 수는 없다. 따라서 천하 만물 중에 꼭 지켜야만 하는 것은 없다.

그러나 유독 이 '나'라는 것은 그 성품이 달아나기를 잘하며 출입이 무상하다.* 아주 친밀하게 붙어 있어 서로 배반하지 못할 것 같지만 잠시라도 살피지 않으면 어느 곳이든 가지 않는 곳이 없다. 이익으로 유혹하면 떠나가고, 위험과 재앙으로 겁을 주면 떠나가며, 질탕한* 음악 소리만 들어도 떠나가고, 미인의 예쁜 얼굴과 요염한 자태만 보아도 떠나간다. 그런데 한

* **성현** 성인(지혜와 덕이 매우 뛰어나 길이 우러러 본받을 만한 사람)과 현인(어질고 총명하여 성인에 다음가는 사람)을 아울러 이르는 말.
* **무상하다** 일정하지 않고 늘 변하는 데가 있다.
* **질탕하다** 신이 나서 정도가 지나치도록 흥겹다.

번 떠나가면 돌아올 줄 몰라 붙잡아 만류할 수가 없다. 그러므로 천하 만물 중에 잃어버리기 쉬운 것으로는 '나'보다 더한 것이 없다. 그러니 꽁꽁 묶고 자물쇠로 잠가 '나'를 굳게 지켜야 하지 않겠는가?

나는 '나'를 허투루 간수했다가 '나'를 잃은 사람이다. 어렸을 때는 과거 시험을 좋게 여겨 그 공부에 빠져 있었던 것이 10년이다. 마침내 조정의 벼슬아치가 되어 사모관대에 비단 도포를 입고 백주 대로를 미친 듯 바쁘게 돌아다니며 12년을 보냈다. 그러다 갑자기 상황이 바뀌어 친척을 버리고 고향을 떠나 한강을 건너고 문경 새재를 넘어 아득한 바닷가 대나무 숲이 있는 곳에 이르러서야 멈추게 되었다. 이때 '나'도 땀을 흘리고 숨을 몰아쉬며 허둥지둥 내 발뒤꿈치를 쫓아 함께 이곳에 오게 되었다. 나는 '나'에게 말했다.

"너는 무엇 때문에 여기에 왔는가? 여우나 도깨비에게 홀려서 왔는가? 바다의 신이 불러서 왔는가? 너의 가족과 이웃이 소내(苕川)*에 있는데, 어째서 그 본고장으로 돌아가지 않는가?"

그러나 '나'는 멍하니 꼼짝도 않고 돌아갈 줄을 몰랐다. 그 안색을 보니 마치 얽매인 게 있어 돌아가려 해도 돌아갈 수 없

---

* **소내** 현재 경기도 남양주시 조안면 능내리 마현 마을. 마현(馬峴), 마재, 능내(陵內) 등으로도 불린다.

는 듯했다. 그래서 '나'를 붙잡아 함께 머무르게 되었다.

이 무렵, 내 둘째 형님* 또한 그 '나'를 잃고 남해의 섬으로 가셨는데, 역시 '나'를 붙잡아 함께 그곳에 머무르게 되었다.

유독 내 큰형님만이 '나'를 잃지 않고 편안하게 수오재에 단정히 앉아 계신다. 본디부터 지키는 바가 있어 '나'를 잃지 않으신 때문이 아니겠는가? 이것야말로 큰형님이 자신의 서재 이름을 '수오'라고 붙이신 까닭일 것이다. 일찍이 큰형님이 말씀하셨다.

"아버지께서 나의 자(字)를 태현(太玄)*이라고 하셨다. 나는 홀로 나의 태현을 지키려고 서재 이름을 '수오'라고 하였다."

이는 그 이름 지은 뜻을 말씀하신 것이다.

맹자께서 말씀하시기를, "무엇을 지키는 것이 큰일인가? 자신을 지키는 것이 큰일이다."라고 하셨는데, 참되도다, 그 말씀이여!

드디어 내 생각을 써서 큰형님께 보여 드리고 수오재의 기문(記文)*으로 삼는다.

---

* **둘째 형님** 정약전(丁若銓, 1758~1816)을 말한다. 신유박해 때 신지도로 유배 갔다가 나중에 다시 흑산도로 옮겨져 그곳에서 세상을 떠났다. 저서에 『자산어보』가 있다.
* **태현** '심오하고 현묘한 이치'를 뜻하는 말.
* **기문** 기록한 문서.

작품 이해

「하기 싫은 일과 하고 싶은 일은 모두 한통속이다」라는 글 제목은 역설적입니다. 모순되는 진술 속에 담긴 뜻을 헤아리며 읽는 재미가 있습니다. 글쓴이는 방송국 피디이자 작가입니다. 피디로서 원하는 방송 프로그램을 제작하고, 작가로서 자기 이야기를 독자들에게 글로 풀어낼 수 있으니 '하고 싶은 일'을 하고 사는 사람이라는 생각이 듭니다. 그런데 글쓴이가 처음부터 하고 싶은 일을 할수 있었던 것은 아니었습니다. 그토록 싫어하는 영상 편집을 수도없이 해낸 후에야 실력을 인정받아 프로그램을 단독으로 연출하게되었고, 편집보다 더 싫어하는 글쓰기에 매진한 후에야 책을 출간하고 독자와 소통하는 즐거움을 맛보게 되었습니다. '하기 싫은 일'을 열심히 했더니 '하고 싶은 일'을 하게 된 것이죠. 혹시 여러분 앞에도 하기 싫은 일이 놓여 있나요? 만약 그것이 '해야 하는 일'이라면 눈앞의 일을 묵묵히 해 봅시다. 하기 싫은 마음을 내려놓고 해야하는 일을 열심히 하다 보면 여러분도 어느새 '하고 싶은 일'을 하는 즐거움을 누릴 수 있으리라 생각합니다.

「나만의 지도를 그리는 법」은 목적지를 정확히 몰라 테키르다라는 낯선 도시를 헤매고 다닌 경험과 이를 통해 깨달은 바를 들려줍니다. 학회의 강연자로 초청되었는데 개최 장소를 몰라 테키르다의 구석구석을 샅샅이 뒤지는 장면에서는 덩달아 긴장감이 느껴지기도 합니다. 결국 포기하고 다음 날 이스탄불로 돌아오는 길, 글쓴이는 머릿속에 테키르다의 지도가 훤히 그려지는 경험을 합니다. 길을 잃은 경험을 통해 낯선 도시의 지도를 그릴 수 있게 된 것이죠. 그리고 이 지도는 세상에 대한 지도로 그 의미가 비유적으로 확장됩니다. 글쓴이는 독자에게 세상에 대한 나만의 지도를 그리라고 말합니다. 그러려면 낯선 도시를 미친 듯이 돌아다니는 것과 같은, 실패를 반복하는 적극적인 방황을 해야 한다고 당부합니다. 방황의 시간을 빼앗는 사회 분위기에 안주한다면 손에는 '누더기 지도'가 들려 있을 수밖에 없으니 길을 잃고 방황함으로써 '온전한 지도'를 만들라고 말입니다. 글쓴이의 말처럼 여러분의 인생의 지도를 만드는 길이 흥미로운 행운이 깃드는 탐험의 과정이 되길 바랍니다.

「그 시절 우리들의 집」은 감각적 이미지를 통해 노란 토담집과 사각진 콘크리트 벽으로 둘러싸인 아파트를 대조적으로 그립니다. 노란 토담집은 생명의 탄생과 성장, 죽음을 모두 품어 냅니다. 그에 반해 오늘날에는 탄생과 죽음을 병원과 장례식장에 맡기는 것은 물론이고, 외식 산업이 발달하고 음식 배달이 용이해지면서 식사와 조리의 기능을 외부에 맡기는 경우도 점점 늘고 있습니다. '그'는 주거의 기능만 담당하는 쓸쓸한 집에서 살아가는 현대인의 보편적인 모습을 드러냅니다. 마지막 부분에서 글쓴이는 그의 어머니의 죽음을 두고 '우리들의 어머니'의 죽음이라고 말합니다. 현대인은 이제 전통적인 집의 가치를 더 이상 누릴 수 없다는 아쉬움이 느껴집니다.

「고래를 춤추게 하는 것은」이라는 제목을 보면 '칭찬은 고래도 춤추게 한다.'라는 말이 떠오릅니다. 이때 칭찬은 고래에게 외적 보상입니다. 이 글은 고래가 진정으로 기쁨을 느끼며 춤을 추게 하려면 조련사의 칭찬이 아니라 바다에서 마음껏 헤엄칠 수 있는 자유를 주어야 한다고 말합니다. 인간도 마찬가지입니다. 외적 보상에 연연하는 삶이 아닌 내재 동기에 따르는 삶을 살려면 스스로 선택하고 결정해서 행동하는 자유가 보장되어야 합니다.

「수오재기」는 다산 정약용이 1801년 천주교인들에 대한 탄압인 신유박해로 장기(지금의 포항)에 유배된 고통스러운 상황에서 자신을 성찰하는 내용을 담아 쓴 고전 수필입니다. 정약용은 큰형 정약현이 왜 서재의 이름을 '수오재'라고 했는지 의아해합니다. 깊은 사색 끝에 '지켜야 할 것'은 오직 '나'라는 것을 문득 깨닫고 '나'를 잃고 살아온 삶을 성찰합니다. '너는 무엇 때문에 여기에 왔는가?'라고 자문하는 대목에서는 자신을 통렬하게 반성하는 선비의 곧은 자세가 엿보이기도 합니다. 성찰 끝에 결국 '나'를 붙잡아 함께 머물게 되었다고 하니 본질적 자아, 즉 자신의 참모습을 찾았음을 알 수 있습니다. 형제와 친구를 잃고, 가족과도 헤어져 홀로 지내는 외로운 유배 생활에서도 깊은 사색을 통해 깨달음에 이르는 정약용의 자세가 이 시대를 살아가는 우리에게도 큰 울림을 줍니다. 이처럼 글쓴이의 성찰이 담겨 있는 셋째 마당의 글들이 고등학생인 여러분에게도 울림과 감동으로 다가가기를 바랍니다.

1. 「하기 싫은 일과 하고 싶은 일은 모두 한통속이다」라는 제목의 의미를 쓰고 이를 잘 드러내고 있는 비유적 표현을 글에서 찾아봅시다.

2. 「나만의 지도를 그리는 법」과 「수오재기」는 글쓴이가 경험을 통해 깨달은 바를 서술하고 있습니다. 글의 내용을 떠올리며 괄호와 빈칸을 채워봅시다.

	「나만의 지도를 그리는 법」	「수오재기」
경험한 것	학회의 강연자로 초청되었는데 개최 장소를 몰라 ( )을 잃고 낯선 도시 테키르다를 헤매고 다님. 그 후 테키르다의 지도가 머릿속에 훤히 그려지는 경험을 함.	과거 시험을 치르고 오랜 세월 벼슬아치로서 ( )를 잃고 바쁘게 살다가 장기로 귀양을 가 혼자 지냄.
깨달은 것		

선의를 믿는 것의 어려움

김
금
희

몸이 축나서 한의원을 다녔다. 지인에게 소개받은 그 한의원은 여간해서는 약을 지어 주지 않는 곳이었다. 그 뒤로 누가 안부를 물으면 한의원을 다니고 있다고, 여간해서는 약을 짓지 않는 곳이라고 대답했는데 그 말에 대한 사람들 반응이 흥미로웠다. 그러면 상당수가 침이나 뜸을 전문으로 하는 곳이겠구나, 하며 넘겨짚었기 때문이다. 내 말은 그곳에서는 필요 없다고 판단되는 사람에게 부러 한약을 쓰지 않는다는 뜻이었는데, 그런 상황을 상상하는 사람은 없었다. 왜 그러느냐고 물어보는 몇몇이 있긴 했다. 그나마 판단을 미루고 무언가를 더 확인해 보려는 사람들이었다.

처방을 원해서 온 사람이라도 경우에 따라서는 그냥 돌려보내기도 하는 것. 그런 원칙은 한의원 운영에 현실적인 도움은 되지 않을 것이다. 하지만 찾아온 사람으로서는 불필요한 지출을 하지 않을 수 있으니 그것을 어떤 선의라고도 할 수 있지 않을까. 하지만 사람들의 반응을 보니 요즘 그런 선의는 아주 드문 것이 되었구나, 하는 생각이 들었다. 쉽게 떠올릴 수 없고 상상하기도 힘드니 아마 믿기는 더 어려울 것이다.

하기는 타인에게 선의가 있음을 선뜻 믿기에는 세상이 나쁜 게 사실이다. 갱년기 여성에게 좋다고 어머니에게 선물하라고 꾀더니 허가도 나지 않은 재료로 약을 만들어 팔지 않나, 당신이 돈을 잃게 될까 봐 그런다며 접근해서는 은행 직원, 경찰 등을 사칭해 돈을 털어 가지를 않나. 그렇게 함량 미달의 제품을 속여 팔거나 보이스 피싱을 하는 건 이제 흔하디흔한 일이 되어 버렸다. 그러다 보니 빤한 속임수에 왜 넘어가느냐고 오히려 피해자를 탓하는 상황까지 벌어진다.

이런 세상에서는 사회 구성원들이 암묵적으로 공유하고 있는 어떤 윤리나 합의보다는 음모론적 시각이 현실 판단의 기준이 된다. 네가 지금 보고 있는 것, 그 이면에 숨은 악의가 있고, 그런 악의를 간파하지 않으면 심각한 피해를 입는다는 상식이 통용되는 사회. 그렇다면 불신과 불의가 모든 행동의 우선순위가 될 것이다. 이런 상황에서 누군가의 선의를 믿는 일이란 좀 과장하면 일종의 모험이 아닐까. 믿음으로써 입게 될 손해를 감수한다는 의미이기도 하니까. 현실이 이러니 우리의 불신을 그저 탓할 수만도 없을 듯하다. 하지만 탓할 수 없다고 해서 옳거나 정당하다는 뜻은 아니다.

얼마 전 여섯 살 조카가 유치원 통학 버스에서 아주 기분 좋은 얼굴로 내렸다. 선생님과 같은 자리에 앉아 와서 그런가 싶어 물어보니 말간 얼굴로 그렇다고 대답했다. "선생님이랑 뭘 하면서 왔는데?" "얘기하면서 왔지." "무슨 얘기 했는데?" 조카는 신이 나서 선생님이랑 나눈 이야기를 전해 주었다. 점심시간에 누구랑 싸우지 말고, 수업 시간에는 서 있지 말며, 무슨 시간에는 돌아다니지 말고, 통학 버스를 기다릴 때는 장난치지 말라는 지적과 당부였다. 결국 조카는 버스에서 오는 내내 혼이 난 것에 가까웠는데 뭐가 저렇게 얼굴이 환할 정도로 즐거울까.

그러다 조카는 어쩌면 겉으로 드러난 말 대신 선생님의 선의를 들으며 왔겠구나 하는 생각을 했다. 조카가 그렇게 들을 수 있었던 데는 진심이 잘 전달되도록 표현한 선생님의 능력이 있었겠지만 아무리 그렇게 표현해도 듣지 않고 믿지 않으면 방법이 없지 않은가. 이렇게 타인의 선의를 듣고 신뢰할 수 있는 힘, 우리에게도 분명 있었을 그 힘을 우리는 언제부터 잃어버리고 만 걸까. 나는 "응응, 나 좋았겠지? 좋았겠지?" 하는 조카를 보고 있다가 그 손을 쥐어 보았다. 믿을 수 없게 조그맣고 보드랍고 연약했지만 그 아이가 쥐고 있는 세상은 어쩐지 내 것보다 크고 깊고 단단하게 느껴졌다.

당연하지 않은 부모

이
슬
아

그동안 부모가 있는 세계의 이야기만을 주로 써 왔다. 내가
태어나고 자란 곳에는 엄마와 아빠가 당연한 전제처럼 있었
다. 부모 때문에 행복하든 불행하든 말이다. 지금은 그 전제가
당연하지 않다는 것을 안다. 그래서 부모라는 말을 쓰기 전에
주춤하며 말을 고친다. 다양한 성별의 보호자, 다양한 형태의
가족, 가족 바깥의 사람도 포함하는 이야기를 쓰고 싶어서다.

장혜영 의원이 시작한 '#내가이제쓰지않는말들'은 이 시대
에 통용된 차별과 배제의 언어를 인지하고 수정하는 프로젝트
다. '부모' 역시 이 프로젝트가 고민하는 단어다. 엄마만 있는
경우, 아빠만 있는 경우, 둘 다 없는 경우, 엄마가 여럿이거나
아빠가 여럿인 경우, 보호자의 성별을 이분법적으로 구분하고
싶지 않은 경우 등을 예외로 두는 단어다.

프랑스의 가족 관계 문서는 '부/모' 말고 '보호자1, 보호자2'

를 적게끔 한다. 부모가 모두의 기본값은 아니라는 점을 존중하는 문서 형식이다. 현재의 상상력으로는 '부모' 대신 '보호자' 혹은 '어른'이라는 말을 일상어로 쓰는 것이 최선처럼 느껴진다. 미래에는 더 적절한 말을 발명할 수도 있을 것이다.

'부모'와 함께 다시 돌아보게 된 단어는 '고아'다. '외로울 고(孤)'와 '아이 아(兒)'로 이루어져 있다. 나에게 이것을 알려준 사람은 보호 종료 당사자인 신선 씨다. 보호 종료란 원가족 없이 자란 보호 대상 아동에게 만 18세에 자립을 강요하는 아동 보호 제도를 말한다. 아동 양육 시설에서 유년기와 청소년기를 보낸 신선 씨는 고아라는 말에 자주 움츠러들곤 했다. 치열하게 자립한 뒤 현재는 보육원 출신 아이들을 위한 캠페이너로 활동하는 중이다. "부모가 없다고 해서 꼭 외로운 것은 아니고, 반대로 부모가 있다고 해서 꼭 외롭지 않은 것도 아닌데, 고아라는 말에는 편견 어린 동정이 이미 내포되어 있다."고 그는 말했다. 그는 은유 작가의 『다가오는 말들』중 한 문단을 언급하기도 했다.

한 아이가 어떤 환경에서 자라든 신체적 온전함과 존엄성이 지켜지기 위해서는, 후원금을 척척 내는 어른도 필요하지만 동시에 '부모님 뭐 하시느냐.' 다짜고짜 묻지 않는 어른이 많아져야 하고, 이력서에 가족 관계를 쓰지 않도록 하는 제도가 생겨야 한다. 이 세상에 '불쌍한 아이'는 없다. 부모 없이 자란 자식이라는 굴레를 씌우고 불쌍한 아이를 만들어 내는 집요한 어른들이 있고, 정상가족이라는 틀로 자율적 존재를 가두거나 배제하는 닫힌 사회가 있을 뿐이다.*

보호 대상 아동의 목소리는 복지의 사각지대에 있다. 신선 씨와 친구들은 보육원 출신으로서 자립하며 겪었던 어려움을 후배들이 똑같이 겪지 않도록 유튜브, 팟캐스트, 온라인 카페를 운영하며 보호 종료 아동을 위한 주거 지원, 장학 지원 사업 등 유용하고 친절한 정보를 공유한다. 또한 고유하고도 평범한 자기 삶의 이야기를 나눈다.

나는 그게 바로 연대임을 안다. 연대란 고통을 겪은 어떤 이가 더 이상 누구도 그 고통을 겪지 않도록 움직이는 것이다. '부디 너는 나보다 덜 힘들었으면 좋겠어. 그러니 내가 알게 된 것들을 최대한 다 알려 줄게.'라고 말하는 것이다. 당사자가 아닌 이들이 할 수 있는 연대도 있다. 부모가 기본값인 질문을 건네지 않는 것, 고아라는 말을 함부로 쓰지 않는 것, 보호 대상 아동에 대한 이미지를 고정하는 말을 하지 않는 것 또한 그중 하나일 것이다.

---

* 은유 『다가오는 말들』, 어크로스 2019, 163면.

양곡 창고, 예술의 산실로 변신하다
전북 완주 삼례문화예술촌

이
호
준

계절이 깊어 간다. 풀은 분주하게 키를 키우고 나무는 부지런히 염료를 길어 올린다. 이맘때면 푸른 강으로 가고 싶어진다. 강은 세상 모든 푸른 것들의 고향이기 때문이다. 그리움과 희망 역시 강에서 나고 자랄 테다.

바람조차 푸르게 부는 날, 만경강으로 간다. 전라북도 완주군 동상면 율치의 밤샘에서 발원, 새만금을 지나 바다와 몸을 섞는 강, 총 길이 74킬로미터로 그리 길지는 않지만 김제, 익산, 군산을 지나면서 여러 하천을 불러 모아 넉넉한 품을 연다. 평야 지대를 흐르는 강들이 그렇듯, 만경강 역시 오랜 시간 사람을 품어 기르고, 사람들은 그 품에서 숱한 이야기를 낳았다. 강과 길은 손이라도 잡을 듯 나란히 흐르다가 이별한 연인인양 서로를 외면하기도 한다.

그들을 따라 거슬러 오르던 발길을 삼례에서 멈춘다. 꼭 한

번 가 보리라 벼르던 삼례문화예술촌이 거기 있기 때문이다.

"무슨 문화예술촌이 이렇게 생겼어?" 성질 급한 사람이라면 한마디쯤 던질 법하다. 첫눈에 들어온 건, 말 그대로 무뚝뚝하게 생긴 창고 몇 동뿐이다. 1970~1980년대까지도 농촌에서 흔히 볼 수 있던, 매력 없이 크기만 한 목재 창고. 심지어 시커먼 벽에는 '협동생산 공동판매', '삼례농협창고' 같은 글씨까지 고스란히 남아 있다.

이쯤 되면 족보부터 따져 보지 않을 수 없다. 아니나 다를까. 이곳 건물들은 문화예술촌으로 탄생하기 전까지 무려 100년 가까이 창고로 쓰였다. 거기에도 아픈 역사가 있다. 만경강 상류의 삼례는 토지가 비옥하고 기후가 온화한 고을이다. 농사가 잘되는 탓에 일제 강점기에는 양곡 수탈 기지가 되는 수모를 겪었다. 삼례역은 군산으로 양곡을 나르는 거점 역할을 했다. 그래서 당시 삼례역 주변 주민들은 밤마다 "한 말 한 섬", "한 말 한 섬" 쌀 세는 소리를 들으며 잠들었다고 한다.

그 당시의 양곡 창고를 개조해 문화 복합 공간으로 꾸민 것이 바로 삼례문화예술촌이다. 원형 보전에 역점을 두었기 때문에 겉모습이 창고 그대로다. 이곳은 모두 여섯 곳의 문화 예술 공간이 독립적으로 운영된다. 삼례역이 이전한 자리에 있는 막사발미술관을 합하면 일곱 곳이 된다.

먼저 찾아간 곳은 VM(Visual Media)아트미술관. 문을 밀고 들어가자, 놀랄 만한 장면이 기다리고 있다. 순식간에 100년을 이동한 느낌이랄까? 아니, 아날로그의 세계에서 디지털의 세계로 뚝 떨어진 것 같다. 창고 그대로의 외관을 배신이라도 하듯 '첨단 예술'의 세상이 펼쳐져 있다.

쓰레기통에서 건져 낸 재료로 만들었다는 정크 아트* 작품들을 차례로 감상한다. 창고 건물이 문화 예술 공간으로 다시 태어났듯이, 일회용 빨대나 링거 줄 같은 쓰레기들이 작품으로 변신했다. 인터랙티브 아트*라는 물속 체험도 신기하다. 나 스스로가 물고기가 되어 천으로 된 물속을 유영한다. VM아트미술관은 벽과 천장의 원형을 그대로 살린 채 내부 디자인을 했다. 벽을 구성한 통나무들의 배열 자체가 예술 작품이다. 바람이 잘 통하고 여름에는 서늘하다고 한다.

두 번째로 책공방북아트센터를 찾아간다. 책을 읽고 나만의 책을 만들고 책에 대한 모든 것을 배울 수 있는 체험 센터다. 요즘은 보기 어려워진 각종 인쇄 장비들도 눈길을 끈다. 특히 100년도 더 돼 보이는 목궤선(가계부 등에 줄을 긋는 기계) 등은 언뜻 봐도 문화재급 유산이다.

동과 동 사이를 나비처럼 옮겨 다니며 문화 예술의 향기를 탐하는 재미가 쏠쏠하다. 색다른 음식을 이것저것 집어 먹어

---

* **정크 아트** 생활 속의 잡동사니나 망가진 기계 부품 따위를 이용하여 만드는 미술. 1950년대 유럽과 미국에서 일어났다.
* **인터랙티브 아트** 관객을 직접 참여시키는 예술의 한 형태.

보는 기분이랄까. 세 번째 찾아 들어간 곳은 책박물관. '전라도 여자' 기획전이 열리고 있다. 프랑스어로 번역된 손바닥만 한 『춘향전』도 있다. 상설 전시 공간에는 '한국 북디자인 100년'을 주제로 1883년부터 1983년까지 출판된 책을 전시해 놓았다. 북디자이너가 별도로 없던 시절, 화가들이 그린 책 표지가 눈길을 끈다. 윤동주 시집 『하늘과 바람과 별과 시』(정음사 1955)는 화가 김환기가 디자인을 했다. 30년간 교과서 삽화를 그린 김태형 작가 코너에서는 오래 잊고 있었던 '철수와 영희'를 만날 수 있다.

김상림목공소를 찾아 들어간다. 조선 목수들의 철학이 스며 있는 나무 가구를 재현해 놓은 것은 물론 각종 연장을 전시해 놓았다. 문을 밀고 들어서는 순간 짙은 나무 향이 우르르 달려 나온다. 오래 그리워하던 고향 소식을 들은 듯 왈칵 반갑다. 내부가 깔끔한 데다 조용해서 목공소라기보다 문화 공간으로서의 품격이 읽힌다. 전시해 놓은 작품들이 담백한 느낌이라 마음이 편안하다.

디자인뮤지엄은 한국산업디자인협회 수상 작품들을 한눈에 살펴볼 수 있는 갤러리다. 국내외 제품 중 디자인과 기능, 경제성, 기술 등이 우수한 것들을 전시해 놓았다. 젊은 방문객들이 무척 좋아하는 공간이라고 한다. 커피 볶는 향이 물씬 풍기는 문화카페 오스는 방문객이나 지역 주민들의 휴식 공간일 뿐 아니라 커피와 관련된 다양한 교육도 담당한다. 카페의 통유리로 내다보이는 풍경이 눈을 떼지 못할 만큼 매혹적이다.

　카페에서 나오니 세상은 다시 디지털에서 아날로그로 변신한다. 하지만 이젠 낯설지 않다. 창고 건물들과 조금 떨어져 있는 삼례성당도 애당초 한식구였던 듯 잘 어우러져 있다. 오래된 것들은 누가 시키지 않아도 스스로 소통해서 친구가 된다. 마당 곳곳에 설치한 조형물도 원래 거기 있었던 듯 풍경 속으로 스며들었다. 봄바람처럼 느긋해진 몸과 마음으로, 오래된 것들과 새로운 것들 사이를 거닌다. 과거도 현재도 미래도 남남이 아니라는 사실을 확인한다. 시간 위에 서 있는 모든 것들은 하나로 이어져 강물처럼 흘러가는 것이다. 고통의 시대가 남긴 유산과 이 시대의 문화 예술이 공존하는 삼례문화예술촌에서 그 증거를 본다.

말을 걸어 봐요

공선옥

길을 가다가 우리 아이들만 한 아이들이 지나가면 꼭 다가가서 말을 붙이게 된다. 분명 내가 지금보다 젊었을 때는 없던 습관이다. 처음 보는 아이들에게 말을 거는 것을 우리 아이들은 영판* 싫어한다. 창피하다는 것이다. 그러면서 묻는 말이 "엄마 걔 알아?"다.

나 어렸을 때도 그랬던 것 같다. 엄마는 밭에 가는 길에 이웃 동네 아이들을 만나면 꼭 아가, 하고 말을 걸었다.

"아가, 엄마 아부지는 잘 계시냐?"

그러면 그 아이는 의아한 표정으로 다시 묻는다.

"아줌마 나 알아요?"

"알지 그럼, 내가 너를 모를개비? 너 이불에 오줌 싼 것도

---

* 영판 아주.

알고, 다 안다, 내가.”

아이 얼굴이 붉어진다. 그러면서 얼른 대답한다. 엄마랑 아버지는 잘 계신다고. 그때야 엄마는 오냐, 잘 가라, 인사를 하거나 호주머니를 뒤져 당신 먹으려고 싸 가던 감자나 고구마를 나눠 주곤 했다. 그다음엔 또 내가 물을 차례다. 엄마 걔 진짜 알아? 엄마는 아무 대답도 안 하고 씨익 웃기만 하셨다. 안다는 건지 모른다는 건지.

내가 처음 보는 아이들에게 말을 거는 것은 엄마를 닮아서인지도 모르겠다. 그리고 물론 나는 내가 말을 걸었던 ‘걔’를 모른다. 이름이 뭔지, 어디 사는지, 몇 살인지……. 그러나 또 나는 ‘걔’를 영 모르는 것이 아니다. 우리는 지금 같은 시대에 살고 있으며 날마다 비슷한 음식을 먹고 살고 무엇보다 우리는 이웃이고 같은 사람이다. 이웃끼리 반가워 말 붙이는 게 뭐가 이상하단 말인가. 아파트 엘리베이터 안에서 이웃끼리 눈을 마주쳐도 서로 외면하는 것보다는 백배 낫지 않은가. 서양인들이 처음 보는 사람끼리라도 눈이 마주치면 “안녕하세요?” 혹은 “좋은 아침이에요.” 같은 가벼운 인사나 눈웃음을 나누는 모습이 나는 참 좋아 보인다.

엘리베이터 안에서 엄마 손을 잡은 아이와 눈이 마주쳤다. 눈을 마주쳐 놓고도 먼산바라기* 하는 게 거북해서 내가 먼저

* 먼산바라기 먼 곳만을 우두커니 바라보는 일.

인사를 했더니 아이가 얼른 제 엄마 뒤로 숨는다. 그럴 때는 인사를 한 내 쪽이 무안해진다. 어느 땐 서로 몇 번 얼굴을 마주쳐서 빤히 '구면'인 줄 알면서도 고개 빳빳이 들고 눈은 딴 데로 돌리고 어색한 침묵을 유지하는 경우도 있다. 그럴 때 나는 사는 게 정말 재미없게 느껴진다. 반대로, 시골 버스를 타면 아, 사는 게 바로 이런 맛이구나, 싶어질 때가 있다. 모르는 사람들끼리 빤히 아는 '살아가는' 이야기를 나눌 때다. "올해 고추 농사는 잘되는 것 같지요?" "어데요, 우리 고추는 탄제*가 와서 허연데." "비가 너무 와서 걱정이지요?" "그래요, 비가 너무 오면 병충해가 들끓을 건데, 걱정이네요."

나는 이따금 '시골 마을 유람'을 간다. 시외버스 타고 아무 시골에나 내려 아무 마을에나 들어가 그냥 동네를 이곳저곳 구경하며 돌아다니는 것이다. 시골 마을 구경하기. 어디나 비슷한 것 같지만, 또 그 내밀한* 속 풍경은 다 다른 것이 우리나라 시골 마을이다. 나는 그곳을 그냥 돌아다니기만 해도 저절로 그 동네 사람들이 살아온 내력*이 읽히는 것 같다. 내가 동네를 돌아다닐 때면 집 앞에 나앉아 있던 노인들이 나를 부른다. 그냥 무심히, 일루 와 봐요.

---

* **탄제** '탄저병'의 방언. 고추가 탄저병에 걸리면 하얗게 마른다.
* **내밀하다** 어떤 일이 겉으로 드러나지 아니하다.
* **내력** 지금까지 지내 온 경로나 경력.

나를 부르는 그 눈빛은 무구하다.* 처음 본 사람에 대한 경계의 빛이란 애초에 없다. 있다면 약간의 호기심 정도. 어디서 왔냐고 묻지도 않고 혹 먹을 것이 있다면 먹을 것부터 내민다. 그래 놓고 나서 어디서 오셨느냐고 조심스레 묻는 것이다. 작년 여름에도 전라도 고창의 어느 마을을 그렇게 구경하며 다니다가 나는 그렇게 손님 아닌 손님 대접을 받았다. 그러고 보니 옛날에 우리 고향 마을도 그랬던 것 같다. 그때는 보따리를 머리에 이고 다니며 물건을 팔러 다니는 사람들이 많았다. 그렇게 물건을 팔러 다니다가 혹여 저녁때가 되면 주인은 보따리장수가 자신의 집에서 유하고* 가는 걸 당연하게 여겼다. 밥도 당연히 같이 먹었다. 아무리 보따리장수라고 해도 저녁때가 됐는데 그냥 가게 하는 것은 사람의 도리가 아니라고 여겼다. 그냥 그랬다. 밥때 보따리장수가 오면 밥을 주었다. 그것은 하나도 별난 것이 아니었다. 보따리장수가 밥때가 되어 어느 집에 들어가기 미안해서 나무 그늘이나 정자 같은 데서 쉬고 있으면 먼저 본 사람이 밥은 먹었는지, 안 먹었으면 우리 집에 가자고 청하는 것을 당연하게 여겼다.

　　산다는 것은 나하고 남하고 끊임없이 소통하는 것이다. 나 혼자 사는 것은, 남과 소통하지 못하고 사는 것은 살아도 진정

* 무구하다 때가 묻지 않고 맑고 깨끗하다.
* 유(留)하다 어떤 곳에 머물러 묵다.

으로 사는 것이 아닐 것이다. 또한 산다는 것은 나와 남이 끊임없이 뭔가를 나누는 것이다. 나 혼자만 지니고 있거나 남이 가진 것을 나누어 가지지 못하는 삶은 불행하다. 혹시 지금 불행해하는 사람이 있다면 나는 이렇게 말하고 싶다. 누군가에게 말을 걸어 봐요. 혹시 지금 행복해지고 싶은 사람이 있다면 또 나는 이렇게 말하리라. 당신이 가진 것을 나눠 봐요, 행복해질 거예요.

「선의를 믿는 것의 어려움」은 두 개의 경험담으로 구성되어 있습니다. 첫째는 선의를 믿지 못하는 어른들의 이야기이고, 둘째는 선의를 믿는 어린아이의 이야기입니다. 누구 하나 믿지 못할 만큼 세상에는 나쁜 일이 꽤 많이 일어납니다. 사회가 이러하니 우리의 불신을 탓할 수만은 없다고 생각하던 글쓴이는 여섯 살 조카의 이야기를 들으며 깨달음을 얻습니다. 우리도 분명 타인의 선의를 신뢰할 수 있는 힘을 가지고 있었다는 사실을 말이죠. "믿을 수 없게 조그맣고 보드랍고 연약했지만 그 아이가 쥐고 있는 세상은 어쩐지 내 것보다 크고 깊고 단단하게 느껴졌다."라는 마지막 문장에 눈길이 오래 머뭅니다. 손이 커지고, 굳은살이 박이는 동안 우리의 내면에서는 무슨 일이 벌어지는 것일까요?

우리는 평소에 편견과 차별이 깃든 표현을 얼마나 많이 쓰고 있을까요? 「당연하지 않은 부모」를 읽으며, 어떤 말 속에 편견과 차별이 깃들어 있음을 알게 된다면 그 순간부터 그 말을 안 쓰도록 노력하겠다는 다짐을 해 봅니다. 이런 개인의 노력도 필요하지만, 글에 소개된 프랑스의 경우처럼 공식 문서에 쓰이는 어휘를 바꾸는 사회적 노력도 매우 중요합니다. 연대는 우리가 더불어 살고 있으며 하나로 연결되어 있다고 인식하는 것에서 시작합니다. 타인의 고통에 공감하고, 상대가 그러한 고통을 겪지 않도록 노력하는 것이 연대이지요. 우리의 삶에서 더불어 살아가는 사람들의 상처를 하나하나 보듬는 말의 힘이 발휘되길 바랍니다.

「양곡 창고, 예술의 산실로 변신하다」는 여행지에 가서 보고 듣고 느끼고 생각한 것, 즉 여정, 견문, 감상을 생생하게 담아낸 기행문입니다. 여행지는 일제 강점기 양곡 수탈의 기지였던 삼례문화예술촌, 양곡을 저장하던 거대한 창고 여러 동이 문화 공간으로 탈바꿈한 곳입니다. 글쓴이의 걸음을 따라가며 고통의 시대가 남긴 유산과 이 시대의 문화 예술이 공존하는 삼례의 모습을 떠올리는 재미가 있습니다. 삼례의 모습을 떠올릴 때 빼놓을 수 없는 것이 바로 만경강입니다. 이 글은 서두에서 전북의 새만금, 김제, 익산, 군산을 아우르는 만경강을 조망하며 독자를 삼례로 이끕니다. 그리고 과거, 현재, 미래가 하나로 이어져 강물처럼 흘러가는 곳이 바로 삼례라고 말하며 글을 마무리합니다. 만경강의 넉넉한 품에서 삼례는 지금도 숱한 이야기를 만들어 내고 있을 것입니다.

「말을 걸어 봐요」는 타인과 끊임없이 소통하는 삶, 뭔가를 나누는 삶이 행복하다고 이야기합니다. 그래서 글쓴이는 어머니가 과거에 그랬던 것처럼 처음 보는 아이들에게도 말을 건넵니다. 아파트에 살고 있다면, 구면인 것이 확실한데도 인사를 건네지 못하고 엘리베이터 안에서 어색한 시간을 보낸 경험을 한 번쯤은 해 봤을 것입니다. 공간을 이동하면 조금은 다른 양상이 펼쳐집니다. 시골 마을에서는 처음 본 사람을 경계하지 않고 집으로 부르고 먹을 것을 나누며 말을 건넵니다. 과거 우리 공동체가 이웃과 소통을 나누던 방식이 시골 마을에서는 유지되고 있다니 다행스럽게 여겨지기도 합니다. 오늘부터 이웃에게 눈인사를 건네 보는 건 어떨까요? 더불어 사는 삶이란 이처럼 사소하지만 단단한 작은 믿음과 실천으로부터 시작될 수 있습니다.

1. 「당연하지 않은 부모」를 읽고 다음 물음에 답해 봅시다.

❶ 제목의 '당연하지 않다'라는 표현에 담긴 의미는 무엇인가요?

----

❷ 우리가 평소에 쓰는 말 중 차별과 편견이 깃든 표현에는 어떤 것이 있나요?

----

2. 「양곡 창고, 예술의 산실로 변신하다」는 삼례문화예술촌에 다녀온 글쓴이가 자신의 여행 감상을 진솔하게 담은 기행문입니다.

❶ 글의 내용을 떠올리며 빈칸을 채워 봅시다.

삼례 지역의 특성	
삼례문화예술촌의 과거	
삼례문화예술촌의 현재	미술관, 공방, 책박물관, 목공소 등이 어우러진 문화예술 공간
글쓴이가 느낀 점	

❷ 역사적 아픔이 담긴 공간을 찾아보고 한 곳을 다녀온 뒤 자신의 감상을 담은 기행문을 써 봅시다.

1. 1부에서 나왔던 단어들을 살펴보고 알맞은 단어의 뜻을 찾아 선으로
  이어 봅시다.

내밀하다
「말을 걸어 봐요」 •   • 일반에 두루 쓰이다.

간파하다
「선의를 믿는 것의 어려움」 •   • 늙은 몸.

통용되다
「선의를 믿는 것의 어려움」 •   • 어떤 일이 겉으로 드러나지 아니하다.

고적하다
「죽은 새를 위하여」 •   • 세태나 남의 세력을 이용해서
                                   자신의 이익을 거두다.

재변
「화단」 •   • 사방의 둘레.

편승하다
「아무것도 사지 않는 날」 •   • 재앙으로 말미암아 생긴 변고.

노구
「아무것도 사지 않는 날」 •   • 외롭고 쓸쓸하다.

사위
「아무것도 사지 않는 날」 •   • 보아서 속내를 알아차리다.

2. 아래 「이와 개 이야기」를 함께 읽고 다음 질문에 답해 봅시다.

어떤 사람이 나에게 말했다.

"어제저녁에 어떤 불량한 사람이 큰 몽둥이로 돌아다니는 개를 때려서 죽이는 것을 보았습니다. 그 광경이 너무 끔찍해서 마음이 아팠습니다. 그래서 이제부터는 개고기나 돼지고기 같은 것은 먹지 않을 작정입니다."

그 말을 듣고 나는 이렇게 대꾸했다.

"어제 어떤 사람이 화롯불을 끼고 앉아 이를 잡아 태워서 죽이더군요. 그것을 보니 제 마음이 무척 아팠습니다. 그래서 이제부터는 이를 잡지 않을 생각입니다."

그러자 그 사람은 실망스럽다는 표정을 지으며 나에게 말했다.

"이는 하찮은 생물이 아닙니까? 저는 큰 동물이 죽는 것을 보고 슬퍼서 그렇게 말했던 것입니다. 그런데 당신은 그런 말을 하다니, 저를 놀리는 것입니까?"

나는 다시 말을 이었다.

"피와 기운을 가진 것은 사람이든 소, 말, 돼지, 양과 같은 동물이든 곤충이든 간에 죽는 것을 싫어하는 것은 마찬가지입니다. 그러니 어찌 큰 동물만 죽기를 싫어하고 작은 생물은 그렇지 않다고 하겠습니까? 개나 이의 죽음은 같은 것입니다. 그래서 그렇게 말했던 것이지 당신을 놀리려고 한 말은 아닙니다. 믿지 못하겠으면 당신의 열 손가락을 깨물어 보십시오. 어찌 엄지손가락만 아프고 나머지 손가락들은 아프지 않겠습니까? 한 몸에 있는 것은 크든 작든 모두 피와 기운을 가지고 있기 때문에 그 아픔은 같은 것이지요. 숨 쉬는 기운을 받은 것이 어찌 어떤 것은 죽음을 싫어하고 어떤 것은 죽음을 좋아하겠습니까? 당신은 물러나 가만히 생각해 보십시오. 그리하여 달팽이의 뿔을 쇠뿔과 같이 보고, 늪에 사는 메추라기를 봉새처럼 여기십시오. 그런 다음에야 나는 당신과 도(道)에 대해서 이야기하겠습니다."

— 이규보 「이와 개 이야기」

① '이와 개의 죽음'에 대한 '나'와 나그네의 생각이 어떻게 다른지 생각해 봅시다.

② 둘째 마당에 실린 「죽은 새를 위하여」 또는 「풀 비린내에 대하여」의 내용을 근거로 하여 '나'의 생각을 지지하는 의견을 서술해 봅시다.

2부

어느 시대에든 인문학은 필요하다

김
민
섭

4차 산업 혁명 시대의 도래*로 우리는 기술 혁신에 더욱 집
중하게 되었다. 소프트웨어를 비롯한 정보 기술 분야 학문에
대한 관심이 어느 때보다 높아졌고 이러한 흐름에 따라 정부
와 기업도 관련 분야에 더 많은 자원을 투자하고 있다. 우리에
게도 친숙한 다국적 정보 기술 대기업들의 시가 총액은 계속
최고치를 경신하는 중이다. 초등학생들도 자연스럽게 공학자
나 개발자가 되는 것을 꿈꾼다. 이에 반해 그 대척점*에 있다
고 여겨지는 인문학은 점점 그 자리를 잃어 간다. 심지어 인간
의 섬세함과 창의성이 반드시 필요하다고 생각되는 직종에서
도 서서히 인간이 밀려나고 있다. 이 때문에 여러 관점에서 인

---

* **도래** 어떤 시기나 기회가 닥쳐옴.
* **대척점** 지구 표면의 어느 한 지점의 반대 방향에 있는 지점.

문학의 가치와 필요성에 대한 질문이 제기된다. "인문학은 정말 이 시대에 필요하지 많은 학문인가?" 이에 대한 나의 대답은 "그렇지 않다."이다. 인문학은 어느 시대이건 사회 환경을 막론하고 반드시 필요한 학문이다.

　문학과 사학과 철학, 흔히 '문사철'이라고 불리는 인문학은 인간만의 가치를 지켜 내는 가장 정확하고 선명한 방법이다. 인문학은 타인을 헤아릴 줄 알게 하고, 좋은 미래를 준비하도록 하며, 우리가 좀 더 좋은 사람이 되도록 하여 인간다움을 지켜 낼 수 있게 돕는다. 문학은 다양한 인물들의 삶을 그려 내어 공감하는 힘을 길러 준다. 작품을 통해 타인의 삶을 겪어 볼 기회를 제공해 평소 잘 몰랐던 타인의 입장이 되어 보게 한다. 역사학은 선조들의 경험을 바탕으로 현재의 우리가 더 나은 미래를 그릴 수 있게 해 준다. 과거의 사건이나 인물을 통해 교훈을 주고 더 나은 세상을 만들기 위한 방향을 갖게 한다. 철학은 도덕적·윤리적 탐구를 기반으로 행동과 가치 판단 개선을 촉구하여 우리가 더 나은 사람이 되게 돕는다. 이처럼 인문학은 정량화된* 가치와 이익에 앞서 인간으로 하여금 인간다움이라는 인간의 가치를 지켜 낼 수 있는 다정한 존재로 성장하도록 하는 학문이다.

　누군가는 빠르게 발전하는 효율성의 시대에 인간다움이나

＊ **정량화하다** 양을 정하다. 곧 어떤 양을 헤아려 수치를 매기는 일을 일컫는다.

다정함이 어떤 쓰임이 있느냐고 반론할 수도 있다. 그러나 인간다움과 다정함이야말로 이 사회를 지탱해 온 힘이다. 언젠가 생활고를 겪던 어린 형제에게 무료로 식사를 대접한 식당 주인의 선행이 알려졌다. 주인은 형제에게 따뜻한 말을 건네며 언제는 자신의 가게에 오라고 했다. 이를 알게 된 사람들이 식당 주인에게 응원과 함께 주문을 전달하며 자신들에게는 음식을 주지 않아도 되니, 다음에 그 형제가 또 오거나 다른 어려운 이들이 왔을 때 음식을 내어 주라고 부탁했다. 사람들은 이를 '돈쭐 내기'라고 칭했고, 방송에까지 사연이 소개되었다. 뒤늦게 소식을 접한 이들도 비슷한 상황에 놓이면 자신 역시 그렇게 행동할 것이라는 반응을 보였다. 결과적으로 이 일은 어려운 형편의 손님들에게도, 식당 주인에게도, 다른 사회 구성원들에게도 모두 좋은 일이 되었다. 만약 형제가 식당에 갔던 날 사람이 아닌 존재가 주문을 받았다면 이런 일이 일어날 수 있었을까? 아마 아니었을 것이다. 이처럼 인간은 공감과 다정함에 기반한 인간다움으로 결국 인간만의 정답에 이른다. 이는 느리고 때로는 당장의 이익에서 멀어지는 듯 보이지만 결국 좋은 결과를 만들어 내고 개인과 사회를 성장시킨다.

　이와 더불어 인문학은 비판적 사고력과 독립적 판단 능력을 길러 준다. 문학은 사상이나 감정을 언어로 표현하는 예술로 작가의 생각이 담겨 있다. 작품을 읽으며 작가가 하고자 하는 말이 무엇인지 파악하고, 동의하는 지점과 동의하지 않는 지점을 떠올리다 보면 자신만의 생각을 기를 수 있다. 역사학은 인류 사회의 변천과 흥망의 과정을 다루는 학문으로 단순한 사실에 새로운 해석과 가치를 부여하여 역사적 사실로 만드는 역사가의 해석이 들어간다. 이러한 역사가의 해석을 따르거나 이를 기반으로 의문점을 떠올린다면 판단 능력을 키울 수 있다. 철학은 인간과 세계에 대한 근본 원리와 삶의 본질을 연구하는 학문으로 보다 근본적인 사유를 가능하게 한다. 근본적이지만 우리가 일상에서 쉽게 놓칠 수 있는 질문을 던져 주어 나와 나를 둘러싼 세상에 대한 이해를 깊이 있게 만들어 주기 때문이다. 이처럼 인문학은 삶의 다방면을 다시 보게 하여 우리로 하여금 스스로 질문하고 해답을 찾도록 하는 사유의 기초 근육을 만들어 주는 역할을 한다.

누군가는 수많은 전문가가 연구한 수준 높은 지식에 쉽게 접근할 수 있는 시대에 굳이 자의적인 사고력과 판단 능력을 키워야 할 필요가 있느냐고 반문할 수도 있다. 그러나 비판적 사고력과 독립적 판단 능력은 현대에 와서 그 중요성이 더욱 커지고 있다. 정보 기술 기업들이 이용자를 붙잡아 두기 위해 자극적인 정보를 자주 노출하는 것은 널리 알려진 사실이다. 실제로 2021년 한 정보 기술 기업에서 근무했던 직원은 기업이 의도적으로 정치적 양극화를 조장하고 가짜 정보, 혐오 발언 등을 방관하고 있다고 폭로했다. 일상에서 자주 접하는 추천 알고리즘의 부작용도 간과해서는 안 된다. 추천 알고리즘은 마치 맞춤 상품처럼 우리에게 꼭 필요한 정보를 제공해 준다. 그런데 이런 추천 알고리즘은 유사한 내용의 정보만 제공함으로써 확증 편향*을 강화할 위험이 크다.

가짜 광고의 확산도 문제다. 최근 유명인의 사진과 가짜 투자 정보가 합성된 상태로 널리 퍼져 관련인들이 주의를 당부하였다. 실제 피해 사례가 알려지면서 정부가 엄정하게 대응하겠다고 나섰으나 광고의 노출 범위가 넓어 규제가 쉽지 않은 상황이다. 이처럼 고도화된 정보화 사회에서는 정보 기술이 무분별하게 생산·소비되고 그로 인해 다양한 피해가 발생할 위험이 크다. 기술을 맹신하는* 사람은 스스로 선택하고 책임지는 사람이 되기 어렵다. 정보 기술을 제어하고 잘 활용할 수 있는 사람이 되기 위해 우리는 그 정보가 정말 필요한 것인지, 진실한 것인지 비판적으로 사고하고 독립적으로 판단할 수 있는 능력을 길러야 한다. 그리고 이것은 인문학을 통해서 가능하다.

인간의 가치를 지키고 스스로 사고할 줄 알게 하는 학문은 시대를 막론하고 필요하다. 앞서 살펴보았듯 인문학은 다정한 선택을 하게 하여 인간의 가치를 지키고, 한 개인이 비판적으로 사고하고 독립적으로 판단할 수 있게 하는 학문이다. 따라

＊**확증 편향** 자신의 가치관, 신념, 판단 따위와 부합하는 정보에만 주목하고 그 외의 정보는 무시하는 사고방식.
＊**맹신하다** 옳고 그름을 가리지 않고 덮어놓고 믿다.

서 인문학은 시대를 막론하고 필요한 학문이라고 할 수 있다. 인문학은 우리에게 "인간이란 무엇인가, 어떠한 선택을 하는 존재인가?"라는 물음표를 주고 모두를 조금 더 인간다운 삶으로 이끌어 나간다. 이는 사회 구성원이 인간성을 상실한 극한 상황으로 내몰리지 않도록 한다. 이러한 인문학을 기반으로 한 '다정한 기술 사회'는 결국 우리가 꿈꾸고 지향해야 할 목표점이 될 것이다.

영화 「업」 비평문

이
동
진

삶이라는 여행, 여행이라는 꿈, 꿈이라는 약속, 약속이라는
삶.「업(Up)」*은 끝내 이루지 못한 오랜 꿈에 관해 쓸쓸히 이야
기하면서 시작한다. 함께 떠나기를 간절히 원했지만 결국 홀
로 남게 된 자는 이제 무엇을 바라보아야 하는 걸까. 환상적인
미지의 세계로 데려가 주겠다던 어린 시절의 약속을 세월 속
에 흘려보내고 만 사람이 얼마 남지 않은 시간 앞에서 무엇을
결심할 수 있을까. 그는 다시 꿈꿀 수 있을까. 꿈을 향해 이제
라도 걸음을 내디딜 수 있을까.

칼(에드워드 애스너 분)은 아내 엘리(엘리 닥터 분)가 어린 시절부
터 함께 꿈꾸던 남미의 파라다이스 폭포에 끝내 가지 못하고

＊「업」미국의 영화 감독 피트 닥터(Pete Docter), 밥 피터슨(Bob Peterson)이 만든 애니메이션으
로 2009년 개봉했다.

세상을 뜨자 크게 상심한다. 궁리 끝에 칼은 그들이 수십 년간 살아온 작은 이층집에 수많은 풍선을 매달고 공중에 띄우는 데 성공한다. 본격적으로 파라다이스 폭포로 가려던 칼은 이웃의 여덟 살 소년 러셀(조던 나가이 분)이 집 근처에서 서성이다가 우연히 그 여행에 합류하게 되었음을 알게 된다.

픽사*의 열 번째 애니메이션이면서 첫 번째 3D 애니메이션이기도 한 「업」은 꿈과 모험이라는 애니메이션 본유의 영역에 가장 충실한 작품이다. 괴팍한 노인과 호기심 많은 소년이 말하는 개(밥 피터슨 분)와 거대한 희귀 새를 만나 신비의 폭포를 향해 가는 이 여정은 러셀의 천진무구한 행동에서 근력 약한 노인들이 아픈 허리를 잡아 가며 싸우는 액션까지, 기분 좋은 유머를 시종 잃지 않아 관객을 즐겁게 한다. 3D 상영관을 선택하면 풍선에 매달린 집이 비행하는 장면이나 하늘에서 펼쳐지는 클라이맥스 액션 장면에서 입체 영화의 매력을 제대로 맛볼 수도 있다.

「업」에서 캐릭터 디자인은 3등신에 가깝게 머리를 크게 그림으로써 만화적이고 정감 어린 인물의 느낌을 강조했다. 반면에 배경은 정교하기 이를 데 없는 표현력으로 생생히 살려냈다. 「월-E(WALL-E)」(2008, 앤드루 스탠턴 감독)에서 사각형의 월-E*와 타원형의 이브를 대조시켰던 픽사의 애니메이터들

* 픽사 미국의 컴퓨터 그래픽스 애니메이션 영화 스튜디오.

은 「업」에서도 각진 외모를 강조한 칼과 둥그스름한 러셀을 대비시킴으로써 흥미를 배가한다.

수없이 많은 풍선들이 일시에 부푼 후 마침내 집이 두둥실 천천히 떠올라 비행할 때의 그 우아한 리듬은 빠르게 휘몰아치기만 하는 오늘의 허다한 오락 영화들이 결코 체현할 수 없는 아름다움을 갖추고 있다. 그리고 서정적이면서도 내향적인 음악은 그 어느 때보다도 극에 절묘하게 어울린다. 세상을 떠나 그 여행에 동행할 수 없었던 엘리는 반복되는 테마 음악을 통해 강력하게 상기됨으로써 그 여정에 이명으로 내내 함께한다.

하지만 「업」은 무엇보다 픽사가 얼마나 뛰어난 이야기 창작 집단인지를 또다시 보여 주는 작품이다. 가장 쉽고도 고전적인 화술로 마음의 우물을 가장 깊게 휘젓는 이 걸작은 어느 이야기의 태엽을 감아야 하고, 언제 리타르단도*와 악센트를 구사해야 하는지 정확히 알고 있다.(이 영화의 엔딩 크레디트에는 무려 열여덟 명의 '스토리 스태프' 명단이 올라 있다.)

결국 「업」이 그려 내려는 세계는 무수한 풍선을 매달고서 창공에 둥실 떠 있는 작은 목조 이층집의 이미지에 또렷이 함축되어 있다. 미지의 세계를 향해 날아가고 싶어 하는 인간의

---

* **월-E**(WALL-E) 지구 폐기물 수거·처리용 로봇(Waste Allocation Load Lifter Earth-Class)의 약자.
* **리타르단도**(ritardando) 악보에서 점점 느리게 연주하라는 말. 'rit.'로 표시한다.

가장 오래된 소망이 가장 화려한 색들을 지닌 풍선의 도움으로 날개를 활짝 펴면서도, 삶을 지탱하게 만들었던 소중한 기억 역시 낡은 집에 여전히 편안하게 깃들어 있다. 지나간 시간에 대한 추억과 다가올 시간에 대한 꿈이 함께하는 이 특별한 여행은 머무르면서 떠나는 역설을 풍선에 매달린 집으로 선명하게 시각화한다.

이 영화는 시종 유쾌하다. 하지만 가장 인상적인 대목은 극의 초반부와 말미에서 강력하게 관객의 마음을 사로잡는 두 차례의 장면이다. 칼과 엘리가 결혼식을 올리는 순간부터 늙은 아내가 세상을 떠난 후 늙은 남편이 홀로 파란 풍선을 들고 귀가하는 순간까지를 단 한마디의 대사도 없이 4분가량으로 압축한 초반 시퀀스*는 아마도 픽사가 이제껏 만들어 낸 모든 장면들 중 가장 아름다우면서도 쓸쓸한 잔상을 남기는 명장면일 것이다. 그리고 마침내 모든 것을 다 이룬 것 같은 후반부의 어느 지점에서, 안락의자에 앉은 칼이 노트를 넘기다가 맨 뒷장에서 발견하게 되는 엘리의 문장("모험을 하게 해 주어서 고마워요. 이제 당신의 새로운 모험을 해 봐요.")은 감동과 용기를 끝내 함께 안기며 정화와 고양의 순간을 빚는다.

언론 시사회에 이어 이 영화를 일반 시사회에서 한 번 더 보고 나오던 날, 극장 스태프들이 선물로 나눠 주던 빨간 풍선 하

---

* **시퀀스** 영화에서 하나의 이야기가 시작되고 끝나는 독립적인 구성단위.

나를 받았다. 집으로 돌아오는 밤길은 멀고 고단했지만 끝내 그 풍선을 터뜨리거나 버리지 않았다. 거실에 불을 켜고 꽃병에 풍선을 꽂자, 내 어린 날의 꿈이 생생히 떠올랐다. 오래도록 잊고 있었던 작은 꿈이었다.

10년 후, 다시 부끄럽기를*

송길영

10년은 얼마나 긴 시간일까요? 10대 중반에 데뷔하여 꾸준히 좋은 음악을 발표한 가수가 데뷔 10년 만에 대중음악 시상식에서 대상을 받자 1만 시간의 법칙을 들어 치하하는 신문 기사를 봤습니다. 심리학자 안데르스 에릭손이 1993년 발표한 논문에서 설명한 법칙으로, 하루에 3시간씩 10년을 꾸준히 노력해야 전문가의 경지에 이를 수 있다는 이야기 말입니다. 부모님의 원수를 갚기 위해 20년의 절차탁마*를 행하는 무협지 주인공을 우리가 감탄하며 바라보는 것은, 새해 다이어트 결심 따위는 어제 늦은 밤 배달시킨 치킨과 함께 이미 날아간 것

---

* 이 글은 지난 10년간의 데이터를 통해 앞으로 다가올 10년의 미래를 이야기하는 책 『그냥 하지 말라』(북스톤 2021)의 '에필로그'이다.

* **절차탁마** 옥이나 돌 따위를 갈고 닦아서 빛을 낸다는 뜻으로, 부지런히 학문과 덕행을 닦음을 이르는 말.

을 스스로 잘 알고 있기 때문입니다.

10여 년 전의 분석 자료를 꺼내며 변화의 기시감*에 놀라기도 했지만, 한편으로는 자료의 표현이나 매무새가 오래된 영화 속 등장인물들의 패션처럼 촌스럽게 보여서 새삼스러웠습니다. 그때 그렇게 자신 있게 만들고 안팎으로 공유하던 자료들이 지금의 눈높이로 보면 모자라는 부분이 많아 민망하고 부끄러웠죠.

10년 전을 돌아보고 얼굴이 붉어지다 다시 든 생각은, 10년 후에도 같은 감정을 느낄 수 있기를 바라는 것이었습니다. 적어도 멈춰 있지 않고 천천히라도 나아지고 있다는 안도감 때문입니다. 같은 일을 숙련하는 것에 그치는 것뿐 아니라, 선비는 사흘만 지나도 눈을 비비고 다시 보아야 한다는 『삼국지』속 여몽의 이야기처럼 더 나아짐을 위해 노력하는 것, 그것이 우리 삶의 의미가 될 수 있지 않을까요.

나이 들수록 시간이 빠르게 흐르는 것 같다는 어른들의 이야기에 과학은 다양한 설명을 시도합니다. 도파민의 분비와 새로움이 줄어드는 감각의 변화에서부터, 다양한 의무에 지난한 일상이 반복되기 때문에라도 바쁜 것처럼 느낀다는 것이죠. 하지만 그 바쁨이 우리의 성장을 위해 쓰이고 있을까요?

＊기시감 한 번도 경험한 일이 없는 상황이나 장면이 언제, 어디에선가 이미 경험한 것처럼 친숙하게 느껴지는 일.

술 마시고 있다는 부끄러움을 잊기 위해 술을 마시는 『어린 왕자』 속 주정뱅이처럼, 허무함을 잊기 위해 "바쁘시죠?"를 서로 주고받기보다 왜 바쁜지 멈춰 고민해 봐야 하지 않을까요?

미래는 지금도 만들어지고 있습니다. 각자의 욕망이 모이면 변화가 만들어집니다. 이 변화를 이해하는 작업을 누군가는 육감이라 말하고 누군가는 예측이라 합니다. 변화를 이해하고 따르는 삶을 누군가는 순리(順理)라 하고 누군가는 적응이라 부릅니다.

지능화의 연결로, 과학과 기술의 발전으로 변화의 삶은 현생 인류의 숙명이 되었습니다. 심지어 변화의 속도에 발을 맞추는 것까지가 우리 과제입니다. 너무 빨리 움직이면 공감을 얻지 못하고, 너무 늦게 움직이면 세칭 '꼰대'라고 비난을 받습니다.

쉽지 않은 변화의 방향과 속도를 맞추기 위해 내 삶의 방향을 다시 생각해 보는 것은 어떨까요? '일단 도전!' 하는 식으로 그냥 하지 말고, 세상의 변화에 내 몸을 맞추는 과정을 성실하게 치러 내시길 바랍니다. 성실은 의미를 밝히고 끈기 있게 헌신하는 것입니다. 근면은 생각이 배제된 성실함이고요. 앞으로의 시대는 생각 없는 근면이 아닌 궁리하는 성실함이 필요합니다. '그냥 하지 말라(Don't Just Do It)'고 말씀드리는 이유입니다.

새로운 시대의 전문가는 학력이나 이력, 경력을 내세우는 전문가가 아니며, 단순히 덕후도 아닙니다. 근본이 있고 애호와 전문성을 갖추며, 그런 자신을 브랜딩*할 수 있는 개인들이 살아남을 겁니다. 깊게 하는 사람이 살아남습니다. 깊이 들어가면 오래 하게 되고, 자연스레 역사가 생깁니다. 그 과정에서 여러분을 믿고 지지해 줄 팬덤*이 생기죠. 그게 곧 브랜딩 아닌가요?

그런 개인들이 더 큰 영향력을 발휘할 수 있는 기반 환경도 갖춰졌습니다. 과학 기술의 발전과 시스템화로 큰 조직만이 가능했던 일을 이제는 팀이 해내고, 팀이 해내던 일을 개인이 해낼 수 있습니다.

이를 위해서는 자기 것을 만들고, 현행화*를 통해 나의 능력과 사회성을 갖추는 노력이 필요합니다. 결국 재사회화입니다. 재사회화는 깨어 있으려는 노력입니다. 과거의 기준에 머무르지 않고 현재의 변화에 맞춰 혁신을 수용하는 자세가 우리를 과거가 아닌 현재에, 나아가 미래에 있게 할 것입니다.

그러려면 기존 사회의 흐름에 대해 '아니'라고 할 수 있는 결기도 필요하겠군요. 방향이 맞다면 속도가 더 당겨지거나 늦춰질지언정, 일어날 일은 일어납니다. 그러니 방향을 생각

＊ **브랜딩** 소비자로 하여금 브랜드의 가치를 인지하게 해 브랜드의 충성도와 신뢰를 유지하는 과정이나 전략을 말한다.
＊ **팬덤** 어떤 대상의 팬들이 모인 집단을 일컫는 말.
＊ **현행화** 현재 행하여지게 하는 것.

했다면 당장은 여러분의 생각이 받아들여지지 않더라도 낙담하지 말라는 말씀을 드리고 싶어요. 오늘부터 움직이면 됩니다.

다음 10년 후의 부끄러움을 다시 또 기대합니다.

참된 친구란 무엇일까요

박찬국

　독일의 철학자 프리드리히 니체는 "동정이 아니라 우정!"
이라고 외쳤습니다. 동정은 불쌍한 사람을 보면서 안쓰럽게
생각하는 마음입니다. 동정심은 흔히 선한 마음으로 찬양받습
니다.

　동정심이 많다는 것은 보통 칭찬의 말로 쓰입니다. 그런데
니체는 동정을 비판하고 우정을 찬양합니다. 왜 그러는 것일
까요?

　니체는 우정을 나누는 사이를 서로 완전한 존재가 될 수 있
도록 독려하고* 돕는 관계로 보았습니다. 이런 우정에는 상대
에 관한 존경과 존중이 전제되어 있습니다. 참된 우정을 나누
는 친구들은 상대의 잠재력을 서로 믿습니다. 상대의 능력과

＊ **독려하다** 감독하며 격려하다.

성실함을 신뢰하고 그런 상대를 존경합니다. 그럼 상대를 동정할 때는 어떨까요? 그를 도울지라도 그가 홀로 일어설 수 있다고 확신하지 않습니다. 예를 들어 헐벗은 차림으로 구걸하는 사람에게 천 원짜리 한 장을 줄 때 우리는 그 사람이 그것으로 구걸하는 생활을 그만둘 것이라고 생각하지 않습니다. 그 사람이 한두 끼 밥을 먹고 연명하는 데 도움이 되기를 바랄 뿐입니다.

니체가 상대를 대할 때 동정이 아니라 우정을 바탕으로 해야 한다고 주장한 이유가 바로 여기에 있습니다. 동정에는 상대에 관한 믿음과 존중이 들어 있지 않기 때문입니다. 상대가 설령 큰 실패로 좌절에 빠져 있더라도 진정한 친구는 그가 다시 일어설 수 있다고 믿습니다. 그러면서 친구가 다시 일어설 수 있는 방법을 함께 찾습니다. 그런데도 여전히 친구가 좌절에 빠져 있으면 친구를 위로하기도 하고 혼내기도 하면서 다시 일어설 수 있도록 독려합니다. 니체는 『자라투스트라는 이렇게 말했다』에서 다음과 같이 말합니다.

"그대에게 고통받는 친구가 있다면 그의 고민에 휴식처가 되도록 하라. 그러나 딱딱한 야전 침대가 되도록 하라. 그러면 그대는 그에게 가장 많이 유용한 존재가 될 것이다."

이 말에서 눈여겨볼 대목이 있습니다. 니체는 그 친구에게 '딱딱한 야전 침대'가 되라고 말합니다. 병상용 침대와는 달리 딱딱한 야전 침대는 전쟁터에서 일시적인 휴식을 취하는 데 사용하죠. 본래 건강한 사람은 야전 침대에서 잠시 휴식을 취하고도 쉽게 기력을 회복합니다. 진정한 친구는 상대의 잠재력을 신뢰하기 때문에 상대가 좌절에 빠져 있을 때 위로와 힘도 주겠지만 동시에 그가 자신의 잠재력을 활발하게 다시 발휘할 수 있도록 독려할 게 분명합니다. 이런 의미에서 진정한 친구는 상대에게 환자가 눕는 병상용 침대가 아닌 야전 침대가 되어야 하는 것이죠.

또 니체는 우정의 가장 근본적인 특성 중 하나를 동락*이라고 봅니다. 타인의 고통을 함께 느끼는 것은 그리 어렵지 않습니다. 하지만 타인의 기쁨을 함께 느끼는 것은 꽤 어렵습니다. 우리 모두에게는 자신이 남들보다 우월해지길 바라는 마음이 있습니다. 또 타인의 성공을 시기하는 마음도 강하게 자리하고 있습니다. 우리가 동정을 느끼는 사람들은 나의 자존심과 자부심을 상하게 하지는 않습니다. 오히려 우리는 은연중에 그 사람들과 달리 불행한 처지에 빠지지 않은 자신의 처지에 만족을 느끼기도 합니다. 한편 우리보다 성공한 사람들에게 질투와 시기심을 느끼게 되죠. 아울러 그 사람보다 못한 자기 자신에게는 열등의식*을 느끼기 쉽습니다. 유명인에게 달리는 악의적인 댓글에서 그런 열등의식을 확인할 수 있습니다.

* **동락** 같이 즐김.
* **열등의식** 자신이 다른 사람들에 비하여 열등하다고 믿는 의식.

이처럼 니체는 참된 친구는 상대를 믿고 존중하며 상대가 행복감을 느끼고 더 훌륭한 인간으로 성장하는 것을 함께 기뻐해 주는 존재라고 말합니다. 고통을 느낄 때 고통에서 벗어나 일어설 수 있도록 위로와 힘을 주고, 기쁨을 느낄 때 기쁨을 함께 나누면서 기쁨을 두 배로 만들어 주는 친구, 당신의 옆에는 이런 친구가 있나요?

「어느 시대에든 인문학은 필요하다」는 크게 두 가지의 근거를 들어 인문학이 필요하다는 것을 증명해 보입니다. 글쓴이는 인문학이야말로 인간만의 가치를 지켜 내는 가장 정확하고 선명한 방법이며 비판적 사고력과 독립적 판단 능력을 길러 주기 때문에 인문학이 필요하다고 주장합니다. 그런데 효율성의 시대, 수준 높은 지식에 쉽게 접근할 수 있는 이 시대에 공감과 다정함에 기반한 인간다움, 사고력, 판단 능력이 과연 필요한 것일까요? 글쓴이는 이러한 반론을 예상하고 우리 사회에서 화제가 되었던 일을 사례로 들며 이에 대해 반론을 펼칩니다. "인간이란 무엇인가, 어떤 선택을 하는 존재인가?"라는 인문학적 물음에 고정된 정답은 없어 보입니다. 이 질문은 우리로 하여금 인간다움을 추구하기 위해 애쓰게 하고, 힘들고 어렵더라도 인간성을 지켜 내는 선택을 하도록 이끕니다. 그러니 글쓴이의 주장대로 어느 시대든 인문학은 필요해 보입니다.

비평이란 사물의 옳고 그름, 아름다움과 추함 따위를 분석하여 가치를 논하는 것입니다. 따라서 비평문은 비평 대상에 대한 글쓴이의 가치 판단이 주를 이룹니다. 「영화 '업' 비평문」의 글쓴이는 「업」이라는 애니메이션 영화를 구성하는 여러 요소 중 '등장인물과 배경을 형상화한 방법, 영화 음악, 주제를 선명하게 드러내는 이미지, 인상적인 장면'을 비평 대상으로 삼아 그 가치를 평가하고 있습니다. 예를 들면, 글쓴이는 몇십 년에 걸친 '칼'과 '엘리'의 삶을 4분가량으로 압축한 초반 장면을 가장 인상적인 장면으로 꼽으며 가치를 부여합니다. 그런데 누군가는 수많은 풍선을 매단 작은 목조집이 두둥실 떠올라 하늘을 날아가는 부분을 가장 인상 깊은 장면이라 할 수도 있습니다. 비평문을 읽는 재미가 바로 여기에 있습니다. 타인의 관점과 나의 관점을 비교할 수 있는 것이죠. 영화, 미술, 음악, 문학을 비롯한 다양한 매체를 다루는 비평문을 통해 대상을 보는 안목을 기를 수도 있습니다. 여러분은 영화 「업」에서 어떤 장면이 가장 인상 깊었나요? 또는 특별히 비평하고 싶은 요소가 따로 있나요?

「10년 후, 다시 부끄럽기를」을 읽으며 빠르게 변화, 발전하는 사회에서 그 방향과 속도를 맞추기 위해 무엇을 해야 할까 질문을 던져 봅니다. 이 질문에 대한 글쓴이의 해답을 이해하려면 '성실'과 '근면'을 구분해야 합니다. 글쓴이는 '성실'은 의미를 밝히며 끈기 있게 헌신하는 것이고, '근면'은 생각이 배제된 성실함이라며, 앞으로의 시대는 생각 없는 근면이 아닌 궁리하는 성실함이 필요하다고 말합니다. 세상의 변화에 내 몸을 맞추는 작업을 성실하게 수행하며 자기만의 능력과 사회성을 갖추기 위한 재사회화의 노력이 필요한 것이죠. 세상의 변화에 민감하게 깨어 있지 않으면 재사회화는 어려워 보입니다. 어렵더라도 방향이 맞다면 궁리하는 성실함을 발휘해야 하겠습니다. 그렇게 10년을 보낸 후 지금을 돌아보면 모자라고 부족한 부분이 보여 민망하고 부끄럽겠죠? 그렇다면 10년을 잘 살아 낸 것일 테고요.

「참된 친구란 무엇일까요」는 니체의 철학을 통해 참된 친구가 어떤 사람인지 알려 줍니다. 고통을 느낄 때와 기쁨을 느낄 때 상대의 태도와 반응을 보면 그가 참된 친구인지 아닌지 알 수 있다는 것이죠. 니체에 따르면 고통을 느낄 때 동정하는 사람은 참된 친구가 아닙니다. 니체는 우정과 달리 동정에는 상대에 대한 믿음과 존중이 들어 있지 않다고 말합니다. 또 기쁨을 느낄 때 동락, 즉 그 기쁨을 함께한다면 참된 친구라 말합니다. 시기하거나 질투하지 않고, 열등의식도 느끼지 않으면서 상대의 성장을 온전히 기뻐해 준다면 참된 친구라는 것입니다. 여러분에게는 그런 친구가 있나요? 또는 여러분은 누군가에게 그런 친구인가요? 참된 친구를 만나고 또 누군가에게 참된 친구가 되어 준다면 인생이 더 풍요로워질 것입니다.

1. 자신이 좋아하는 영화에 대한 비평문을 찾아서 읽어 봅시다. 그 글을 통해 새롭게 알게 된 부분이나 글쓴이의 해석에 동의하지 않는 부분이 있는지 생각해 봅시다.

2. 「어느 시대에든 인문학은 필요하다」에서 말한 '다정한 기술 사회'란 어떤 사회일지 상상해 보고, 기술이 인간다운 삶과 공동체에 도움이 된 사례를 찾아봅시다.

3. 「10년 후, 다시 부끄럽기를」을 읽고 글쓴이가 '성실'과 '근면'을 어떻게 구분하고 있는지 적어 봅시다. 그리고 글쓴이가 성실을 강조하는 이유를 제목의 의미와 연관 지어 생각해 봅시다.

언어의 높이뛰기

신지영

우리나라에서의 외국인

내가 재직하고 있는 대학교의 국어국문학과에는 미국 국적을 가진 할러데이 교수가 있다. 연구 영역도 유사하고 공동으로 지도하는 학생들도 많아서 만나면 할 얘기가 늘 많다. 할러데이 교수와 이야기를 나누다 보면 너무나 익숙해서 보이지 않던 것들이 새롭게 보이는 경우가 많은데, 이 또한 함께하면 즐거워지는 이유다. 사실 외국인이라는 단어에 대해 깊이 있게 생각하게 된 계기도 바로 이 교수와의 이야기를 통해서였다.

그날은 여름방학을 앞둔 덕분에 조금은 여유가 있어서 우리가 좋아하는 곳으로 커피를 마시러 갔다. 그곳에서 할러데이 교수는 한국 사람들이 흔히 사용하고 있는 외국인이라는 단어가 매우 흥미롭다는 이야기를 꺼냈다. 한국 사람들은 흔히 외국인이라는 단어를 세 가지 의미로 사용하는 것 같다고 했다.

대한민국 국적을 가지지 않은 사람, 한민족이 아닌 사람, 한국어가 모국어가 아닌 사람.

특히 한국 사람들은 외적으로 드러나는 민족적 정체성, 즉 외모를 가지고 외국인인지 아닌지를 판단하는 경향이 있는 것 같다고 했다. 외모가 일반적인 한국 사람과 다르면 쉽게 외국인이라고 판단해 버린다는 것이다.

이어서 그는 한국 사람들이 가지고 있는 외국인에 대한 고정 관념 중에 흥미로운 것이 '외국인은 영어를 할 줄 안다.' '외국인은 한국어를 못한다.'는 것이라고 하면서 자신의 경험을 이야기했다.

내국인만 보세요

어느 유명 관광지에 가서 여행 정보를 얻으러 관광 안내소를 들렀을 때였다고 했다. 안내소에 들어가니 안내 책자가 구비되어 있는데 안내 책자의 구분이 흥미로웠다는 것이다. 안내 책자가 내국인과 외국인용(for foreigner)으로 나뉘어 진열되어 있었기 때문이라고 했다.

내국인용이라고 한국어로 표시된 곳에는 한국어로 된 안내 책자가 진열되어 있었고, 외국인용이라고 영어로 표지가 붙어 있는 곳에는 한국어가 아닌 다른 언어로 된 안내 책자가 놓여 있었다고 했다.

자신은 한국어로 된 안내 책자가 어떻게 되어 있는지 궁금해서 한국어 책자를 집고 싶었다고 했다. 그런데 그 안내 책자는 내국인용이라고 쓰여 있는 곳에 진열되어 있어서 집을 수가 없었다는 것이다. 자신은 내국인, 즉 한국인이 아니다 보니 내국인용이라고 쓰여 있는 문구가 마치 "당신은 이 안내 책자를 집을 수 없어요."라고 말하는 것 같았다고 했다.

할러데이 교수의 이야기를 들으면서 신선한 충격을 받았다. 이야기를 듣기 전에는 관광 안내소 안내 책자의 구분이 어떻게 되어 있는지를 관심 있게 보지 않았기 때문이다. 이야기를 끝내고 연구실로 돌아와서 관광 안내소의 이미지를 검색해 보니 그 교수가 말한 대로 안내 책자가 내국인용과 외국인용으로 구분되어 있는 모습을 확인할 수 있었다. 한국어로 된 것은 내국인용이라고 표시된 곳에 진열되어 있었고, 한국어 이외의 언어로 된 것은 외국인용(for foreigner)이라고 적혀 있는 곳에 언어별로 정리되어 있었다.

교수의 이야기를 듣고 검색된 이미지를 보니 갑자기 그렇게 나뉘어 진열되어 있는 모습이 몹시 낯설고 이상해 보였다. 그리고 이런 질문이 머리에 떠올랐다. 한국어를 못하는 내국인은 내국인이 아닌가? 또 영어를 못하는 사람은 외국인용 표지를 보면서 어떤 생각을 할까? 안내 책자의 분류 기준은 국적이 아니라 언어가 되어야 하지 않을까?

이런 질문들을 하다 보니 원점으로 돌아가 왜 관광 안내소 안내 책자의 분류 기준이 언어가 아니라 국적이 되었을까에 대해 생각해 보게 되었다.

안내 책자의 분류 기준

안내 책자를 만들어 관광 안내소에 비치하는 일은 그 자체로 친절을 베푸는 일에 속한다. 그러니 사용자들에게 소외감을 주기 위해 의도적으로 그런 분류를 했을 리는 없다. 오히려 그냥 비치하지 않고 내국인용과 외국인용으로 분류하여 비치한 것은 그 나름대로 사용자들의 편의를 고려한 행위였을 가능성이 높다.

한국어 안내 책자는 내국인을 위해 만들었으니 내국인용이라는 표지를 붙이고, 외국인을 위해 만든 안내 책자는 한국어로 쓰면 모를 테니 국제어적 성격이 강한 영어로 친절하게 써서 안내해야겠다고 판단했을 것이다.

그러나 안내 책자를 집어 드는 사람의 관점, 즉 사용자의 관점으로 바라보면 완전히 다른 이야기가 된다. 사용자의 배경은 예상보다 훨씬 다양할 수 있고, 다양한 배경을 가진 사람들은 저마다 다른 관점을 지니고 있기 때문이다.

만약 사용자가 한국어가 편한 내국인이거나 영어가 편한 외국인이라면 이러한 분류는 크게 문제가 되지 않을 수 있다. 하지만 내국인 중에는 한국어가 익숙하지 않아서 다른 언어의 안내 책자를 읽고 싶어 하는 사람도 있을 수 있고, 한국어가 익숙하지만 다른 언어로 된 안내 책자를 읽고 싶어 하는 사람도 있을 수 있다. 또 외국인 중에는 영어를 전혀 몰라서 엉어로 쓰인 외국인용 표지가 무슨 뜻인지 전혀 이해할 수 없는 사람도 많고, 할러데이 교수처럼 한국어에 익숙해서 한국어로 된 안내 책자가 읽고 싶은 사람도 있을 것이다.

그러니 사람마다 자신의 상황에 따라서는 관광 안내소에 비치된 안내 책자의 분류 표시를 보며 '한국어에 익숙하지 않은 당신은 한국 사람이 아닙니다.' '내국인이 아니라면 한국어 안내 책자를 가져가서는 안 됩니다.' '외국인이라면 당연히 영어를 알고 있을 겁니다.' 등등의 목소리가 함께 들려서 마음이 불편했을 수도 있다. 이런 방식으로 안내 책자를 분류한 것은 외국인은 이러할 것이라는 편견을 지닌 공급자의 관점만을 반영한 결과로 볼 수 있다.

다양한 사람들이 함께 살아갈 대한민국

한두 가지 색깔로만 꽉 채워진 단조로운 미래가 대한민국이 지향하는 미래라고 생각하는 사람은 없을 것이다. 우리가 원하는 대한민국의 미래는 더 다양한 사람들이 자신들만의 색깔을 활짝 펼칠 수 있는 곳이어야 한다는 데 이견을 가질 사람은 없다. 그러기 위해서는 다양한 사람들이 지닌 다양한 색깔을 존중해야 한다. 그리고 그 색깔들이 서로 조화롭게 빛날 수 있어야 한다.

지금의 대한민국은 점점 더 다양한 사람들이 함께 살아가는 곳이 되어 가고 있다. 이른바 한민족의 피를 물려받은 사람들과 모국어가 한국어인 사람들만이 모여 사는 나라에서 더 다양한 배경을 가진 사람들이 함께하는 나라가 되어 가고 있다. 외모나 모국어가 그 사람의 국적을 결정하는 요소일 수는 없으므로 어찌 보면 이는 당연한 일이다.

하지만 대한민국에서 태어나 대한민국 국적을 가지고 있어도 다수가 지닌 외형적 특징을 지니지 않는다면 아주 쉽게 외국인이라고 치부해 버리는 경우가 있다. 또 한국어가 서툴고 말씨가 일반적이지 않다면 바로 외국인이라고 판단해 버리기도 하고, 그 사람의 이전 국적이나 그 사람의 부모가 어떤 국적을 가지고 있는가로 그 사람을 규정해 버리는 상황도 있다. 이런 일들이 반복되는 한, 우리는 아직 그 다양성을 받아들일 준비가 되었다고 할 수 없다.

우리가 바라는 대한민국을 현실화시키고, 현실화된 대한민국의 준비된 주인이 되기 위해서 우리는 우리가 지닌 고정 관념에서 벗어나야 한다. 그러기 위해서 우리는 우리가 생각하고 있는 한국인은 누구인지, 또 외국인은 누구인지를 묻고, 그 물음에 떠오르는 다양한 답을 하나하나 새로운 관점으로 점검해야 한다. 나아가 다문화 사회에서 언어 공동체가 다변화함에 따라 발생할 수 있는 차별의 문제, 남북한 언어 실천의 이질화 문제를 해결하기 위해 모든 언어 주체들의 노력이 필요하다.

공감의 반경*

장
대
익

공감의 두 힘, 구심력과 원심력 간의 투쟁

인류는 지금 양극화의 시대를 살고 있다. 디지털 양극화는 극에 달해 인터넷은 이미 내전 중이다. 동지가 아니면 적이다. 그냥 적이 아니라 충(벌레)이다. 맘충, 한남충, 심지어 급식충까지……. 상대를 인간 이하로 취급하면서 자신의 혐오 행위를 정당화하려 한다. 뜻을 같이한다는 뜻의 '동지'가 아니라 온갖 악행을 보고도 눈감아 주는 '동지'다. 팔이 그렇게 안으로 굽을 수가 없다. 객관적 평가 따윈 개나 줘 버린 지 오래다. 편을 들지 않은 말과 글은 '좋아요'는 고사하고 악플조차 받기 힘들다.

---

* 이 글은 『공감의 반경』(바다출판사 2022)에 수록된 '들어가는 말'(「공감의 두 힘. 구심력과 원심력 간의 투쟁」)과 1장(「느낌에서 시작되는 배제와 차별」)의 일부를 재구성한 것이다.

그러니 정치인들은 통합을 꿈꾸는 게 아니라 분열을 받아먹으며 연명한다.* 어차피 국민 통합 같은 가치는 불가능하니 우리 편에게만 예쁨받으면 그만이라고 생각한다. 이런 정치 공학*적 전략은 진보와 보수, 여야를 막론하고 한 치의 차이도 없다. 그 흔했던 '대국민 사과'는 사라지고 자기 진영에 대고 억울함을 호소하는 이른바 '해명 회견'만 성행하는 행태도 같은 이유다. 그런데 문제는 이런 분열이 정치 영역뿐만 아니라 세대, 남녀, 계층, 인종, 빈부, 교육을 비롯한 일상의 모든 단면에서 광범하게 일어난다는 점에 있다.

이 책 『공감의 반경』은 이 갈등의 지점에서 질문한다. 현대 사회에 만연해* 있으며 최근에 더 극단적으로 치닫고 있는 이런 사회적 갈등들은 심리적 측면에서 왜 발생하는 것일까? 이 갈등을 치유할 수 있는 심리적 전략은 과연 존재하는가?

나는 전작에서 인류의 성공 비법을 특출난 사회성에서 찾은 바 있다. 그것은 주로 우리가 가진 사회성의 밝은 모습에 관한 이야기였다. 하지만 어느 때부터인지 내게도 우리 사회성의 어두운 모습에 관한 더 깊은 해명을 요구하는 내면의 목소리가 들려오기 시작했다. 그래서 쓰게 된 이 책은 한마디로 사

---

* **연명하다** 목숨을 겨우 이어 살아가다.
* **정치 공학** 정치의 구조를 공학적으로 다루는 방법론을 뜻하지만, 현실에서는 '유권자들에게 실질적인 이익이 되지는 않는 형식적인 것(예컨대 공통점이 없는 두 정치인이 단지 선거에 이기기 위해 단일화하는 것)을 정치인들만의 이익을 위해 행하는 행위'라는 뜻으로 쓰인다.
* **만연하다** 전염병이나 나쁜 현상이 널리 퍼지다.

회적 갈등의 본질에 대한 진화학자의 진단과 처방이라 할 수
있다.

더 구체적으로 말하면 이 책은 문명의 정신적 토대요, 원동
력이지만 문명 붕괴의 원흉으로 비화될 수 있는 한 야누스,*
공감에 관한 이야기다. 누군가는 말한다. 오늘날 가속화하는
혐오와 분열은 타인에 대한 공감이 부족해서라고. 나는 그렇
지 않다고 생각한다. 공감은 만능열쇠가 아니다. 오히려 공감
을 깊이 하면 위기가 더 심각해질 수 있다. 우리의 편 가르기는
내집단*에 대한 과잉 공감에서 온다. 대체 무슨 말인가? 공감
은 일종의 인지 및 감정을 소비하는 자원이므로 무한정 끌어
다 쓸 수 없다. 따라서 자기가 속한 집단 ― 그것이 종교적 집
단이나 정치적 집단이든 아니면 혈연 집단이나 지연 집단이
든 ― 에 대해 공감을 과하게 쓰면 다른 집단에 쓸 공감이 부족
해진다. 자기 집단에만 깊이 공감하는 것이다. 대한민국의 최
근 상황이 딱 이렇다. 특정 정치인을 둘러싸고 광화문과 서초
동 법원으로 갈라진 무리를 보지 않았는가? 이 두 광장의 갈등
은 내집단에 대한 공감이 너무 강해서 생기는 현상이다.

그러나 현시점에서가 아니라 인류의 진화사 전체를 펼쳐 놓

---

* **야누스** 로마 신화에 나오는 두 얼굴을 가진 신(神)으로, 앞뒤가 상반된 두 모습을 가진 사물이나
인물을 비유적으로 표현하는 말.
* **내집단** 가치관과 행동 양식이 비슷하여 구성원이 애착과 일체감을 느끼는 집단. 다른 집단에 대
하여 배타적인 대항 의식을 나타내는 심리적인 집단이다.

으면 우리의 공감력은 새롭게 보인다. 인류는 공감이 미치는 범위를 점진적으로 확장해 왔다. 인류는 자원을 둘러싸고 전쟁을 벌이며 타자에 대한 증오를 증폭시키기도 했지만 이성적인 판단으로 공감의 범위를 넓히면서 외집단*과의 공존과 평화를 구축해 왔다. 공감의 범위는 확장 가능하며 이때의 공감은 단지 타인의 감정을 내 것처럼 느끼는 데서 그치지 않는다. 타인도 나와 같은 사람임을 인지하는 것이다. 과학 기술이 문명의 물질적 조건이라면 이런 공감력은 가히 문명의 정신적 조건이라 할만하다. 타자/외집단까지 포용하는 공감이 없었다면 집단적 성취인 문명은 축적될 수 없기 때문이다. 이런 맥락에서 다른 영장류*들이 갖지 못한 이런 탁월한 공감력은 호모 사피엔스*의 핵심 징표 중 하나다. 중요한 것은 공감 자체가 아니다. '어떤' 공감을 '어디까지' 적용하느냐.

하버드대학교의 심리학자 스티븐 핑커는 『우리 본성의 선한 천사』에서 역사 이래로 인간의 폭력이 점점 감소하고 있다는 증거들을 내놓았다. 그는 인구 10만 명당 폭력에 의한 희생자 수를 비교했을 때 폭력이 발생하는 빈도가 과거보다 줄었으며 현재도 줄고 있음을 입증했다. 이런 감소 추세가 이상하

---

* **외집단** 규범이나 가치, 습관, 태도 따위에 있어서 자기와 공통성이 없는 타인으로 이루어져 불쾌감과 대립감을 불러일으키는 집단. 타인의 집단.
* **영장류** 유인원류. 인류 따위의 고등한 동물을 일상적으로 통틀어 이르는 말.
* **호모 사피엔스** 생각하는 사람이라는 뜻으로, 네안데르탈인과 현생 인류를 포함한다.

게 느껴지는 것은 폭력에 대한 문제의식이 증가하고 미디어 환경이 전쟁을 생중계하기 때문에 생겨난 착시다. 핑커는 사회적 계약의 탄생과 이성의 발현, 그리고 역시나 공감력의 증진이 폭력을 감소시켜 온 주요 동인이었다고 주장했다.

또한 프린스턴대학교의 응용윤리학자 피터 싱어도 『사회생물학과 윤리』라는 책에서 인류가 역사를 거듭하면서 자기와 비슷한 존재로 지각하는 대상의 범위를 점점 확장해 왔다고 주장했다. 반려동물이 또 하나의 가족이 된 것이 좋은 사례다. 『스켑틱(Skeptic)』잡지의 창립자 마이클 셔머도 『도덕의 궤적』이라는 책에서 인류의 도덕적 진보를 공감력의 확대 차원으로 이해하고 있다.

즉 호모 사피엔스의 특별한 공감력이란 공감할 수 있는 대상을 점점 넓힐 수 있다는 것이다. 나는 여기서 내집단 편향을 만드는 깊고 감정적인 공감을 바깥쪽에서 안쪽으로 향하는 힘으로 보아 공감의 '구심력'으로, 외집단을 고려하는 넓고 이성적인 공감을 안쪽에서 바깥쪽으로 향하는 힘으로 보아 공감의 '원심력'으로 부르고자 한다. 공감의 구심력과 원심력은 서로 투쟁하고 있으며 어느 쪽이 강화되느냐에 따라 우리 문명의 흥망성쇠도 영향을 받는다. 나는 현재 인류가 맞닥뜨린 문명의 위기를 해결하는 정신적 토대를 만들기 위해서는 공감이 미치는 반경을 넓혀야 한다고, 즉 공감의 구심력보다는 원심력을 만들어야 한다고 주장한다. 우리에게 필요한 건 깊이가 아니라 넓이다.

느낌에서 시작되는 배제와 차별

공감에 대한 가장 흔한 통념은 항상 '느낌'과 연결돼 있다. 타인이 슬퍼하면 나도 슬프고 타인이 기뻐하면 나도 기쁜 것이 공감이라고 말이다. 우리는 흔히 남의 작은 상처에도 눈물 흘리는 사람에게 공감 능력이 높다고 칭찬하고 그런 사람이 무덤덤한 사람보다 더 이타적이고 도덕적일 것이라 생각한다. 그러나 이런 통념은 다음과 같은 질문에 답하기 어렵다. 우리는 외국인, 이주민, 성소수자, 장애인, 동물의 고통에도 내집단에게 하듯이 함께 느낌으로써 공감하는가? 자신 있게 그렇다고 말할 사람은 많지 않을 것이다. 우리 집단이 아닌 존재에 대한 공감은 무언가 다르다. 느낌을 넘어서서 그의 입장을 내 것처럼 이해하려는 이성적이고 의식적인 노력이 필요하다. 이는 공감에 대한 정의가 단일하지 않음을 뜻한다.

공감이란 대체 무엇인가? 이 물음에 대한 답은 조금 과장하자면 연구자의 수만큼 다양하다. 그중에 하나는 공감을 '상상력을 발휘해 다른 사람의 처지에 서 보고 다른 사람의 느낌과 시각을 이해하며 그렇게 이해한 내용을 활용해 행동 지침으로 삼는 기술'로 규정한다. 나는 이런 정의가 공감에도 여러 측면이 있음을 포괄한다는 점에서 적절하다고 생각한다. 이에 따르면 공감은 적어도 정서적 공감, 인지적 공감 두 유형으로 나닌다. 정서적 공감이란 쉽게 말해 감정 이입이다. 즉 타인의 감정을 함께 느끼는 상태라고 할 수 있다. 익숙하고 쉽고 자동적이다. 인지적 공감은 타인의 관점(입장, 생각)을 이해하는 능력이다. 역지사지(易地思之)*가 알맞은 표현이다. 한데 정서적 공감과 달리 자동적이지 않아 의식적으로 그렇게 하도록 노력해야 한다.

＊ 역지사지 처지를 바꾸어서 생각하여 봄.

책을 왜 같이 읽는가

장은수

　독서 공동체에 참여하는 이들은 삶의 변화에 민감한 사람들이다. '혼자'를 벗어나 '같이'를 갈망하는 마음도 이로부터 생겨난다. 또 다른 삶에 대한 갈망은 '좋은 삶'에 대한 갈망으로 흔히 이어진다. 같이 읽기는 인생에 우애를 불러오고, 공동의 추구를 형성한다. 오랫동안 책을 같이 읽는 것은 결국 삶을 함께하는 일이다. 책으로 자신을 바꾸고, 가족을 바꾸고, 지역을 바꾸는 아름다운 혁명을 일으킨다. 좋은 삶이란, 혼자서는 도무지 이룰 수가 없고, 타인과 함께 살아가면서 타인의 인정과 수용을 통해서만 간신히 획득되기 때문이다. 독서 공동체는 '좋은 삶'의 연습장이다. 그렇다면 독서 공동체는 어떻게 이런 작용을 하는 걸까.

　프랑스의 철학자 폴 리쾨르는 말한다. "독자에게, 자기를 이해한다는 것은 곧 텍스트 앞에서 자기를 이해한다는 것이고,

그 텍스트로부터 나와 다른 자기, 즉 독서가 부추기는 나와 다른 자기의 출현 조건들을 받아들이는 것이다." 독서는 궁극적으로 자기 안에서 타자의 출현을 받아들이는 것이고, 나와 다른 존재를 통해 자기를 새롭게 정초하는* 것이다. 책을 읽는 일은 그 자체로 고도의 윤리적 실천이다. 독서는 "타자의 목소리"(에마뉘엘 레비나스)를 들으면서 자기 이야기를 고쳐 쓰는 일이고 "타자와 더불어 공생과 공유를 추구하는", "남 같은 자기 자신"(폴 리쾨르)을 생성하는 일이다. 그리고 이 모든 것이 "독서의 산물"이고 "텍스트의 선물"이다. 한국에서 가장 오래된 독서 공동체인 상록 독서회 사람한테서 "남 같은 자기 자신"과 마주친 이야기를 들었다.

책을 읽고 같이 이야기하다 보면, 내 안에서 생각의 폭발 같은 것이 일어납니다. 내 안에 있으리라고 한 번도 생각지 않았던 '나'가 갑자기 앞으로 튀어나오는 겁니다. '같이 읽기'는 억눌렸던 나를 찾아 내면의 지층을 파고드는 일과도 같습니다.

사랑할 때와 마찬가지로 책을 읽을 때, 우리는 '홀로'가 아니라 '함께'로 존재함을 깨닫는다. 이러한 변화가 즉각적이라고 말할 수는 없지만, 독서를 반복하면서 우리는 자신을 성찰

* **정초하다** 사물의 기초를 잡아 정하다.

하고 타인을 배려할 줄 아는 '또 다른 사람'이 점차 되어 간다. 독서를 통해 얻는 타자에 대한 개방적인 수용성이 없다면, 독서 공동체는 아마도 불가능할 것이다. 역으로 독서 공동체의 경험은 자기 안에서 타자를 발견하는 경험을 강화한다.

원주 그림책 연구회는 책을 통해 아이를 잘 키우고 싶다는 이유로 그림책을 읽고 공부하고 만드는 강좌를 함께 들으면서 시작했다. 강좌 졸업생들이 흩어지지 않고 모여서 그림책 공부를 계속하다가, 지금은 협동조합까지 이루어 그림책 문화를 활성화하는 데 앞장서고 있다. 그곳을 찾아갔을 때 들은 이야기가 가슴에 오래도록 남았다.

아이와 함께 책을 읽으면, 아이를 이해할 수 있습니다. 아이도 저를 이해합니다. 공감은 연습을 통해서라도 몸에 반드시 붙여야 할 습관입니다. 같이 책을 읽으면서 공감하는 게 가장 빠릅니다.

'같이 읽기'는 읽기를 통해 생겨난 타자에 대한 이해를 '곁으로' 옮긴다. 같이 읽기를 통해 우리는 가정이나 학교나 직장이나 지역 등과 같은 공동체에서 삶을 함께하고 있는 사람들을 더욱 잘 이해하는 힘을 붙일 수 있다. 책을 모여 같이 읽는 일은 타자에 대한 '공감의 연습장'을 구축하는 일이다. '홀로'를 벗어나 '함께' 살아가는 것은 인간의 가장 위대한 자연에 속한다.

인간을 '사회적 동물'이라고 하지 않던가. 그 누구도 저 홀로는 인간답게 살아갈 수 없다. 하지만 타자와 함께 어울려 살려면, 자신에게 주어진 자유를 행사해 스스로 자신의 욕망을 제한할 수 있는 힘이 있어야 하고, 다른 이의 삶을 나의 삶으로 느낄 수 있는 '공감의 힘'도 필요하다. 일반적으로 이 과정을 '사회화'라고 부른다.

그런데 사회화 과정은 한 개인한테 한 번만 일어나는 것은 아니다. 가정에서, 또래 집단에서, 학교에서, 사회에서, 국가에서, 세계에서, 활동 영역이 확장됨에 따라 여러 번 반복되면서 일어난다. 인생의 각 시기마다 우리는 기존의 자아를 초월해서 확장된 세계에 걸맞은 새로운 자아를 얻어야 한다. 완고한 고집을 부리고 과거의 자신에 갇혀 있으면 변화하는 세계에 맞추어 적절한 자아를 생성하지 못하는 부진에 빠진다. 보령의 독서 동아리 '책 읽는 마을'에서 만난 한 회원은 말했다.

같이 읽기는 서로 힘을 줍니다. 이 힘은 세상을 바꾸기에는 너무 미약합니다. 하지만 다양한 생각을 접하고 이를 받아들이다 보면, 나는 항상 옳고 너는 항상 그르다는 식의, 권력의 허위를 이겨 내는 힘이 생깁니다.

앨빈 토플러가 말했듯, 오늘날의 세계는 변화의 속도가 극심해져 미래가 연속적인 충격으로만 다가온다. 이러한 세계에서는 주체성을 잃고 남의 말을 추종하기 쉽다. (중략)

　책을 같이 읽는 일은 세상의 가혹한 변화를 좇을 수 있도록 하는 동시에 거기에 일방적으로 함몰되지 않도록, 변화 속에서도 여전히 함께 추구해야 할 인간적 가치를 놓치지 않도록 만들어 준다.

문해력 위기의 또 다른 배경

정지우

　EBS 「당신의 문해력」이 방영된 이후로 사회 전반에 문해력이 이슈가 되고 있다. 문해력에 대해 경제협력개발기구(OECD)는 '문장을 이해, 평가, 사용함으로써 사회 활동에 참여하고, 목표를 달성하며, 지식과 잠재력을 발전시키는 능력'이라고 정의하고 있다. 간단히 말해 글을 제대로 읽고 이해하는 능력이다.

　한국 학생들의 경우 대체로 세계적으로 읽기 능력 등이 우수한 것으로 알려져 있으나, 최근에는 그 순위가 떨어지고 있을뿐더러 학생들 간의 문해력 격차도 심화되고 있다고 한다. OECD에 따르면 최근 한국 중학생의 15퍼센트 이상이 교과서를 이해하지 못하는데, 10여 년 전만 하더라도 그 비율은 지금의 절반 정도였다.

　또 하나 문제가 되는 것으로 '디지털 문해력'이 있다. 일종의 스팸 메일, 피싱 사기를 구별하는 능력에 대한 것이다. 이에 대해 한국의 경우 OECD 회원국 중에서 가장 낮은 수준을 기록했다고 한다. 다시 말해 읽기 능력 자체는 준수하지만 글이 담긴 맥락에 대한 고도의 통찰력이나 이해력은 부족하다고 볼 수 있다.

한국인의 문해력이 뛰어난지 부족한지에 대한 논란은 계속 이어지고 있지만, 글 자체에 담긴 의도를 보다 명확히 식별하고, 고차원적이거나 메타적*인 맥락을 이해하는 종합적인 능력 자체가 부족해지고 있다는 건 사실로 봐야 할 것이다.

그 이유에 대해 단순히 독서가 부족해서라는 의견이 일반적이지만, 한국 온라인 세계에 폭넓게 퍼진 이분법적 대립 구조의 영향도 무시할 수 없어 보인다. 청소년의 대부분이 이용하는 유튜브만 하더라도 유튜버들 간의 저격 영상 등이 매우 폭넓게 퍼져 있다. 이러한 저격 영상들이 하는 일은 대개 아군과 적군을 나누어, 상대편을 일반화하고 프레임*화하면서 악마로 규정하는 작업이다. 언뜻 보면 통찰력을 발휘하여 공격할 대상의 의도를 파악하는 일처럼 보이지만, 이런 일의 핵심은 오히려 상대방의 의도를 '곡해'*하는 데 있다. 어떻게든 공격할 만한 점을 찾아내서 왜곡하고, 상대의 의도를 저격하는 이

＊메타적 어떤 것의 범위나 경계를 초월하거나 아우르는. 또는 그런 것.
＊프레임 사람이 어떤 대상이나 사건을 해석하는 방식. 혹은 특정 담론에 대해 대응하는 틀이나 방식.
＊곡해 남의 말이나 행동을 본뜻과는 달리 좋지 아니하게 이해함. 또는 그런 이해.

가 원하는 대로 조작하는 것이다.

다시 말해 이런 '지적 활동'의 핵심은 상대방의 의도를 가능한 한 정확하게 이해하는 게 아니다. 상대방의 입장이 되어 그의 맥락을 풍성하게 상상하면서, 그가 하는 말의 다차원적인 맥락을 고려하는 일이 아닌 것이다. 그보다는 저격하는 자가 스스로 생각하는 것, 의도하는 것, 원하는 것을 반복 재생하는 나르시시즘*적 행위에 가깝다.

있는 것은 오로지 '나의 의도'뿐이며, 상대의 진정한 의도는 이해할 필요가 없는 것이 된다. 따라서 아무리 온라인에서 다양한 영상을 보고 커뮤니티에서 학습하고 여러 텍스트를 접하더라도, 그것을 있는 그대로 이해하기보다는 공격할 대상으로 일반화, 규정화, 프레임화하는 일만을 반복하는 것이다.

문해력의 핵심은 내가 모르는 것을 새로이 받아들이고 상상하며 이해하는 능력에 있다. 타인을 규정하는 문화에 익숙해지면 문해력의 핵심이 사실상 간과되는 결과가 일어나는 것이다. 실제로 이는 한국 사회의 각종 집단 갈등, 혐오, 차별에도 광범위하게 영향을 미치는 것으로 보인다.

문해력 또는 이해력이 부족하다는 것은 타인을 상상할 수 있는 '힘'이 없다는 뜻이다. 나아가 뇌가 그럴 '용기'를 학습하지 못하는 것이다. 나르시시즘적으로 계속 자기 이해, 자기 입

---

* 나르시시즘 자기 자신을 사랑하는 일. 또는 자기 자신이 훌륭하다고 여기는 일.

장에 익숙한 방식에만 길들여져서 그에 갇혀 버리는 폐쇄성에 머무는 것이다.

그렇기에 사실 문해력을 이야기할 때 거의 거론되지 않지만 핵심적인 문제 중 하나에는 극단적이고 자극적인 콘텐츠의 범람이 있을 것이다. 인간의 이해력이 가장 필요한 지점도 사실은 이분법 가운데 제3 지대를 발견하는 데 있다. 적과 아군의 구별은 단세포 생물도 할 수 있는 것이지만 고등 동물일수록 이해에 기반을 둔 타협, 화해, 제3의 길로 나아갈 여지가 늘어난다.

문해력이란 나와 타자가 속한 맥락을 포괄적으로 이해할 수 있는 능력과 다르지 않다. 그리고 바로 이런 능력 부족이 문제라면, 단순한 읽고 쓰기의 중요성을 넘어서서 한국 사회 전반을 지배하고 있는 문화의 단순화와 극단화, 이분법적 성향을 먼저 들여다봐야 할 것이다.

아이들은 다채로운 입장과 맥락을 이해하기 이전에 각종 자극적인 콘텐츠를 통해 누군가를 규정짓고, 공격하고, 저격하는 일에 먼저 길들여지고 있다. 바로 그런 문화가 총체적인 이해력을 갉아먹으면서 그 연장선상에 있는 문해력의 위기 또한 불러오고 있을지도 모를 일이다.

인간은 동물의 동반자가 될 수 있을까

고
봉
준

반려동물 양육 인구 1,500만 시대, 600만 가구가 반려동물을 키우고 관련 산업의 규모가 연 3조 원에 육박하는 것이 오늘날의 한국 사회이다. 오랫동안 저성장*의 굴레를 벗어나지 못하는 전통적 산업과 달리 '반려동물 산업'은 매년 가파른 성장세를 이어 가고 있다. 한 조사에 따르면 현재 반려동물로 길러지는 개와 고양이의 수는 900만 마리이다. 하지만 이러한 인기에도 불구하고 반려동물에 대한 우리의 인식 수준은 '반려동물 산업', 즉 동물을 물건 내지 상품으로 간주하는 차원을 벗어나지 못하고 있다. 그래서일까? 평균 330마리의 반려동물이 매일 버려진다고 하니, 이는 편리하게 구매했다가 필요 없어지면 버려도 된다는 생각이 만든 숫자일 것이다.

* **저성장** 규모가 커 가는 정도가 낮음.

이와 같이 현대 사회에서 동물에 대한 인간의 태도를 결정
짓는 기본적 조건은 '소유' 관계이다. 우리에게 동물은 '생명'
이전에 '소유물'로 간주된다. 이러한 인식의 출발점은 자본주
의이다. 자본주의는 인간의 모든 행위가 '이윤 동기'에 따라
결정되는 방식을 뜻하고, 여기에서 '자본'이란 이윤을 획득하
기 위해 투자되는 일체의 것을 가리킨다.

　　'소유한다는 것'은 '대상'을 나의 물건으로 만든다는 뜻이
고, 더 나아가서 '대상'을 내 마음대로 할 수 있다는 의미이다.
철학자 에리히 프롬은 '소유'가 "모든 것을 죽은 것, 다른 사람
의 권력에 복종하는 것으로 변형시킨다."라고 말했다. 소유 관
계에서 소유의 주체와 대상, 그러니까 '나'와 '내가 가진 것'의
관계는 살아 있는 관계가 아니다. 이것을 소유 관계는 죽은 대
상, 즉 '물건'에만 한정된다는 의미로 이해할 수도 있지만, 반
대로 살아 있는 대상도 '소유' 방식의 관계를 맺으면 죽은 것,
즉 '물건'이 된다는 의미로 해석할 수도 있다. 그러므로 이 '대
상'이 무생물일 경우에는 큰 문제가 생기지 않지만, 그것이 생
명체일 경우에는 곤란한 문제가 생긴다. 생명을 지닌 존재를
물건처럼 취급하거나 심지어 마음대로 할 수 있다고 생각하기
는 쉽지 않기 때문이다.

　　우리가 '동물'을 마주하는 공간들, 마트나 펫 숍의 진열장,
동물원, 대형 수족관과 서커스장 등은 모두 '화폐'와 '이익'에
의해 관계가 형성되는 장소이고, 이 조건들이 사라지지 않는

한 동물이 '물건'이 아니라 '생명'으로 인식되기는 쉽지 않을 것이다. 이런 이유 때문에 동물을 상업적 목적으로 길러 사고파는 일을 규제하려는 흐름이 생겼다. 가령 미국 및 유럽 일부 국가에서는 돈을 주고 반려동물을 거래하는 행위를 처벌한다. 미국 캘리포니아에서는 개인 간의 소규모 거래를 제외하고 번식장에서 태어난 강아지를 거래할 경우 마리당 500달러의 벌금을 물리고, 영국에서는 2018년 10월부터 펫 숍에서 6개월 이하의 개, 고양이 판매를 금지했다. 이러한 일들은 어린 동물의 거래를 차단함으로써 반려동물의 '산업화'를 막으려는 노력의 일환으로 보인다.

자본주의가 동물과 생명을 '물건'처럼 인식하는 태도를 양산하므로* 동물을 사고파는 일을 규제해야 한다고 주장하면 이런 반론이 나온다. 자본주의 이전에도 동물을 사고팔았고 그때에도 동물과 생명을 '물건'처럼 취급했으니, 오늘날 반려동물에 대한 모든 문제를 자본주의 탓으로 돌리는 것은 지나친 일반화*라는 것이다. 이런 주장에 설득력이 없다고 생각하지 않는다. 반려동물을 대하는 현대인의 부정적 인식 모두가 자본주의의 문제는 아닐 것이다. 하지만 저 반론이 간과하고* 있는 사실이 있다. 아주 오래전에도 인류는 동물을 사고팔았

* **양산하다** 많이 만들어 내다.
* **일반화** 개별적인 것이나 특수한 것이 일반적인 것으로 됨. 또는 그렇게 만듦.
* **간과하다** 큰 관심 없이 대강 보아 넘기다.

지만 그것은 상업적 이윤이 아닌 실용적·현실적인 목적을 지닌 거래였으며, 거래의 규모 역시 지금과는 비교할 수도 없을 정도로 제한적이었다는 점이다.

동물에 대한 현대인의 태도를 결정짓는 또 하나의 조건은 '공장식 축산'과 '도축의 산업화', 즉 '육류 산업'이다. '소유'가 생명체인 반려동물을 '물건'으로 둔갑시킨다면, '육류 산업'은 생명체인 동물을 잠재적인 '식량'으로만, 오직 '음식'으로만 인식하는 태도를 낳는다. 동물 학대를 처벌하는 법에서 '식량 동물'이 제외되는 것이 전형적인 경우이다. 어떤 동물이 동물 학대 금지법의 대상에서 제외된다는 것은 그 동물이 '동물'이기 이전에 '식량'이라는 의미이다.

2008년 미국의 영화감독 로버트 케너가 만든 기록 영화 「푸드 주식회사」는 이 문제를 이해하는 데 좋은 길잡이 역할을 해 준다. 이 영화는 현대인들이 즐겨 먹는 음식들, 특히 우리가 소비하는 육류가 어디서 어떻게 만들어지고 어떤 과정을 거쳐 우리 앞에 오게 되었는가를 매우 사실적으로 보여 준다. 이 영화가 주목하고 있는 것은 '다국적 기업'*의 실체이다. 누구나 알고 있듯이 오늘날 우리가 소비하는 육류는 기업에 의해 생산된 상품이다. 반려동물인 강아지의 상당수가 '강아지 공장'에서 만들어진 '공산품'이듯이, 식품으로서의 육류 역시 기업

---

* **다국적 기업** 여러 나라에 계열 회사를 거느리고 세계적 규모로 생산·판매하는 대기업.

에 의해 생산된 사실상의 '공산품'이나. 오래전에 인류가 사냥 등을 통해 자연에서 획득한 것과는 다르다는 뜻이다.

육식의 문제와 관련하여 가장 자주 등장하는 반론은 자본주의 이전에도 인류는 동물을 먹었으며, 인간 또한 동물이기에 '영양' 섭취를 위해서 동물을 먹지 않을 수 없다는 것이다. 누군가는 인류가 해결해야 할 문제가 산더미처럼 쌓여 있는데 육식이 그토록 시급한 문제냐고 지적하기도 한다.

세상에는 종교 등을 이유로 채식주의 문화를 채택하고 있는 곳도 있고, 현재는 물론 과거에도 개인의 선택에 따라 엄격한 채식주의를 실천한 사람들이 많다. 또 경제협력개발기구(OECD) 회원국 등 일부 선진국에 국한된 이야기겠지만, 오히려 현대인은 비만·당뇨·콜레스테롤 혈증 등 각종 성인병과 같은 현대적 질환 때문에 육식을 줄이거나 채식을 하라는 전문가들의 권고를 받고 있다. 또 인류와 지구의 미래를 걱정하는 다수의 학자들은 지금과 같은 '육류 산업'이 기후 변화, 지구 온난화, 기아 문제를 일으키는 주요 원인의 하나라고 설명하고 있다. 이는 인류가 시급히 해결해야 할 문제와 동물에 관한 문제가 별개의 것이 아님을 의미한다.

현대 사회에서 '동물'에게 발생하는 모든 문제가 자본주의 탓은 아니다. 유기견이나 길고양이 학대는 '돈' 때문에 생기는 것이 아니기 때문이다. 그런 현상의 대부분은 동물이 인간보다 지위가 낮은 존재이므로 '주체'인 인간이 마음대로 해도 된다는 잘못된 생각에서 발생한다.

　인간이 동물보다 고귀하다는 사고방식, 세상의 중심은 '인간'이고 동물은 인간의 소유물이나 수단이고 도구라는 생각은 오래전에도 있었다. 철학자들은 이러한 사고방식을 인간 중심주의 또는 종 차별주의라고 부른다. 인간 중심주의란 서구의 근대적 자연관에 근거하여 인간 이외의 존재들을 인간의 목적을 위한 수단으로 활용할 수 있다는 주장이고, 종 차별주의는 자신이 속한 종의 구성원들에게는 하지 않을 행동을 다른 종에게는 저지르는 '차별'의 논리를 의미한다.

　인류는 언제부터 인간과 동물 사이에 위계*를 설정했을까? 데카르트 이후의 근대 철학자들은 인간과 세계에 대해서는 서로 입장이 달랐지만 '동물'이 인간보다 낮은 존재라는 데에는 의견이 일치했다. 이러한 철학적 사고는 세상에 존재하는 모든 생명체를 인간을 기준으로 사고하기 때문에 인간 아닌 생명체들 간의 차이, 가령 개와 고양이의 차이, 늑대와 너구리의 차이 등을 간단히 무시한다.

　현대 사회에서 동물에 대한 인간의 태도는 자본주의적 소유 관념, 동물을 식량으로만 간주하는 도구적 인식, 그리고 인간 중심주의와 종 차별주의가 종합되어 형성된 것이다. 이 때문에 '동물'을 둘러싸고 있는 문제는 단순한 논리나 법 제정만으

---

* **위계** 지위나 계층 따위의 등급.

로는 쉽게 해결되지 않는데, 이는 법으로 특정한 행동을 금지할 수는 있어도 생각 자체를 바꾸기는 어렵기 때문이다. 이런 이유로 최근에는 동물 복지에 관한 법률을 제정하는 활동과는 별개로 '동물권'에 관한 논의가 활성화되고 있다.

동물권에 관해 이야기할 때 가장 자주 언급되는 사람은 윤리학자 피터 싱어이다. 그는 동물과 인간이 동일하게 '권리'를 갖는 이유는 그들이 모두 '고통'을 느끼기 때문이라고 말한다. 많은 사람이 '이성'이나 '언어'의 유무를 기준으로 동물과 인간이 다르다고 주장하는 반면, 피터 싱어는 감성적 능력에 해당하는 '고통'을 기준으로 동물과 인간이 동일하다고 주장한다. 최근의 동물권 주장자들은 믿음·지각·기억·욕구 등을 갖고 있다는 점에 근거해 동물도 인간과 똑같은 삶의 주체라고 지적한다.

따라서 '동물'에 관한 문제의 근본적 해결책은 '동물'에 대한 그릇된 인식과, '인간'이 세계의 중심이고 주인이라는 믿음을 내려놓는 일에서 시작되어야 하며, 궁극적으로는 인간과 동물의 바람직한 공존 방식을 모색하는 데 있다. 관계가 바뀌면 태도가 달라진다는 말이 있다. 한 사람이 자신의 주변과 맺고 있는 관계, 나아가 사회 구성원들과 맺고 있는 관계를 살펴보면 그 사람이, 또는 그 사회가 어떤 곳인지 알 수 있다. 타인과의 관계를 이해관계*로 간주하는 태도에서 벗어나야 좋은 사회가 만들어지듯이, 동물을 소유물이나 도구가 아니라 함께

살아가는 동반자로 받아들일 때에야 올바른 의미의 '공존'이
가능해진다.

누군가가 '동물권'이 무엇이냐고 묻는다면 어떻게 대답해
야 할까? 나는 동물이 소유물이나 거래 대상이 아닌 생명으로,
주체로, 나아가 인간의 진정한 반려로 간주되는 사회에서 동
물에게 주어지는 권리라고 대답할 것이다.

---

* **이해관계** 서로 이익과 손해가 걸려 있는 관계.

「언어의 높이뛰기」는 다양성이 존중되는 사회를 만들기 위해 우리의 언어 감수성이 향상되어야 한다는 것을 구체적인 일화를 통해 전달하고 있습니다. 감수성이란 외부 세계의 자극을 받아들이고 느끼는 성질을 말합니다. 우리가 무심코 쓰는 말이 누군가에게는 불편하게 받아들여질 수도 있다고 생각하고 내가 쓰는 말에 담긴 차별과 편견의 요소를 걸러 내고자 노력하는 것이 바로 언어의 감수성을 높이는 일입니다. 글쓴이는 할러데이 교수의 경험담을 듣고 한국 관광 안내소 안내 책자의 분류 기준이 왜 언어가 아니라 국적이 되었을까를 곰곰이 생각합니다. 그리고 사용자의 관점이 아니라 외국인에 대한 편견을 지닌 공급자의 관점만 반영된 것이 문제라는 결론에 도달합니다. 오늘날 대한민국은 점점 더 다양한 사람들이 함께 살아가는 곳이 되어 가고 있으므로 외모나 모국어가 그 사람의 국적을 결정하는 요인일 수는 없습니다. 그럴수록 우리가 무심코 쓰는 말 속에 차별의 요소는 없는지 성찰하는 '언어의 높이뛰기'를 시작해야겠습니다. 높이뛰기 선수가 기록을 경신하기 위해 노력하는 것처럼 우리도 언어 감수성의 기준을 조금씩 높일 수 있기를 바랍니다.

「공감의 반경」은 공감을 정서적 공감과 인지적 공감 두 유형으로 나누고 그 차이를 설명합니다. 정서적 공감은 타인의 감정을 함께 느끼는 상태로 쉽고 자동적으로 이루어지지만, 인지적 공감은 타인의 관점을 이해하는 능력으로 의식적인 노력이 필요하다는 것이죠. 그리고 이 차이를 구심력과 원심력에 비유하여 이해하기 쉽게 설명합니다. 구심력은 원의 중심으로 향하는 힘, 바깥쪽에서 안쪽으로 향하는 힘입니다. 이에 반해 원심력은 원의 바깥으로 나아가려는 힘, 안쪽에서 바깥쪽으로 향하는 힘입니다. 공감의 구심력은 내집단으로 향하지만 공감의 원심력은 외집단으로 향합니다. 이 글은 '공감의 반경'을 넓혀야 한다고 주장합니다. 반경이란 원의 반지름입니다. 원의 반지름을 넓히려면 원심력이 작동해야 하겠지요. 즉 공감이 미치는 범위를 넓혀야 한다는 것입니다. 글에 인용된 피터 싱어의 말대로 인류는 자기와 비슷한 존재로 지각하는 대상의 범위를 확장해 왔습니다. 동물권의 문제에 관심을 갖게 된 것이 그 예라 할 수 있습니다. 공감의 반경을 넓히려는 지속적인 노력을 통해 인류가 맞닥뜨린 문명의 위기를 해결하는 정신적 토대가 단단해지기를 바랍니다.

「책을 왜 같이 읽는가」는 독서 공동체를 '좋은 삶'의 연습장에 빗대며 독서 공동체가 어떻게 이런 작용을 하는지 설명합니다. 우리는 독서를 통해 새로운 내 모습을 발견합니다. 글의 표현에 따르면 '자기 안에서 타자가 출현하는 경험'을 하는 것이죠. 독서를 하며 만난 '타자'를 통해 우리는 삶의 기준을 바로잡기도 하는데 독서 공동체는 바로 이 경험을 강화합니다. 또 독서 공동체는 독서를 통해 생겨난 타자에 대한 이해를 공감으로 확장하고 우리는 이 과정에서 사회화됩니다. 실제로 책을 읽고 이야기를 나누는 것은 수다와 같은 치유 기능을 넘어서서 함께 의미를 탐구하는 깊은 관계를 만들어 냅니다. 좋은 삶을 살아가려면 공동으로 추구할 만한 삶의 가치에 대해 이야기하는 경험이 꼭 필요한데 함께 읽기를 통해 이것이 가능해지지요. 그리고 가치의 공유는 우애와 연대를 기반으로 한 약자들의 공동체, 이른바 지역 사회 활동으로 이어지기도 합니다. 학교의 수업 시간이나 동아리, 도서관 활동 등을 통해 책 읽기 모임에 참여해 본 적이 있다면 이 글이 더 잘 이해될 겁니다. 아직 책 읽기 모임을 해 본 경험이 없다면 시도해 보길 바랍니다.

최근 우리 사회에서 '문해력'이 화두로 떠오르고 있습니다. 특히 우리나라의 청소년들의 문해력 수준을 문제 삼을 때 주로 언급되는 것은 청소년들이 기본적인 어휘의 의미나 쓰임조차도 모른다는 것입니다. 그러나 「문해력 위기의 또 다른 배경」은 조금 다른 시각으로 우리나라 청소년의 문해력 부족의 문제를 다루고 있습니다. 이 글은 2018년 경제협력개발기구가 실시한 평가 결과를 근거로 한국 청소년이 글에 담긴 의도를 명확히 식별하고 다양한 맥락을 종합적으로 이해하는 문해력이 부족하다는 것에 주목합니다. 그리고 한국 사회 전반을 지배하고 있는 극단적이고 이분법적 문화, 그 문화가 그대로 반영된 온라인 세계를 문해력 부족의 원인으로 진단합니다. 이분법적 문화에 익숙해지면 내가 모르는 것을 새롭게 받아들이고 상상하며 이해하는 능력이 부족해진다고 합니다. 오로지 자기 입장만 반복하는 폐쇄적인 세계관에 갇히게 되는 것이죠. 그러니 단순히 청소년의 독서량을 늘리고 어휘력을 높여야 한다고 강조하는 것은 근본적인 해결책이 될 수는 없습니다. 누군가를 공격하고 일방적으로 규정짓는 우리의 문화가 문해력 이상의 총체적인 이해력을 갉아먹고 있다는 글쓴이의 말이 뼈아프게 다가옵니다.

「인간은 동물의 동반자가 될 수 있을까」는 동물에 대한 현대인의 태도를 자본주의 사회에서의 '소유' 관계와 '육류 산업' 그리고 인간 중심주의와 종 차별주의가 종합되어 형성된 것으로 설명합니다. 글쓴이는 자본주의 사회에서 동물은 '소유물'로 간주되는데 '소유' 관계에서는 살아 있는 대상도 죽은 것, 즉 '물건'이 된다는 것을 에리히 프롬의 말을 인용하여 설명합니다. 또 '육류 산업'은 생명체인 동물을 잠재적인 '식량', '음식'으로만 인식하는 태도를 낳는다고 지적합니다. 그렇다면 이런 자본주의 사회의 구조와 인간 중심주의를 극복하고 인간과 동물이 동반자가 되려면 어떻게 해야 할까요? 먼저 동물도 인간과 마찬가지로 감정을 지닌 존재이며 믿음, 지각, 기억, 욕구 등을 가진 삶의 주체로 받아들여야 할 것입니다. 공감의 반경을 넓히고 인식을 바꾸는 것이죠.

활
동

1. 「언어의 높이뛰기」를 읽고 다음 물음에 답해 봅시다.

❶ '외국인'이라는 단어를 떠올리면 어떤 사람들이 그려지는지 적어 봅시다.

❷ 다음을 근거로 할러데이 교수가 방문한 관광 안내소 안내 책자의 분류 기준의 문제점을 적어 봅시다.

> **외국인**
>
> 1. 다른 나라 사람.
> 2. 『법률』우리니니라의 국적을 갖지 않은 사람. 법률상의 지위는 원칙적으로 한국인과 동일하지만 참정권, 광업 소유권, 출입국 따위와 관련된 법적 권리에서는 제한을 받는다.
>
> **내국인**
>
> 자기 나라 사람을 다른 나라 사람에 상대하여 이르는 말.

2. 「공감의 반경」과 「책을 왜 같이 읽는가」, 「문해력 위기의 또 다른 배경」을 읽고 세 편의 글이 지향하는 사회의 모습은 각각 어떤 것인지 제시된 열쇠 말을 사용하여 정리해 봅시다.

「공감의 반경」	◆ 열쇠 말: 공감, 내집단, 외집단
「책을 왜 같이 읽는가」	◆ 열쇠 말: 독서, 공감, 가치 독서 공동체를 통해 다른 이의 삶을 나의 삶으로 느낄 수 있는 공감의 힘을 길러 세상의 변화 속에서도 인간적 가치를 잃지 않는 사회
「문해력 위기의 또 다른 배경」	◆ 열쇠 말: 극복, 타인, 함께

인간의 뇌와 인공 지능

김상욱

뇌는 신경 세포의 집합일 뿐이다. 신경 세포는 신호를 전달한다. 신경 세포를 통한 신호 전달의 기원은 지구상에 살고 있는 동물의 역사만큼이나 오래되었을 것이다. 동물은 움직이는 생물이기에 원하는 대로 움직이려면 움직이라는 명령을 내리고 이를 전달할 체계가 필요하기 때문이다.

신경 세포는 비유하자면 줄기 달린 양파같이 생겼다고 보면 된다. 양파의 뿌리에 해당하는 부분을 가지 돌기라고 하는데, 이곳으로 신호가 입력된다. 가느다란 줄기 부분을 축삭 돌기라고 하며 이곳으로 신호가 출력된다. 쉽게 말해서 여러 개의 뿌리(가지 돌기)로 들어온 신호들이 양파(몸통)로 모여 줄기(축삭 돌기)로 나간다고 볼 수 있다. 신경 세포를 이동하는 신호는 전류다. 전류가 흐르거나 흐르지 않거나 하는 것이 신호에 해당한다.

신경 세포들은 시냅스*라는 좁은 간격을 사이에 두고 연결되어 있다. 신경을 타고 이동하던 전기 신호가 신경 세포의 한쪽 끝에 있는 시냅스에 도달하면, 시냅스에서 화학 물질이 분비되기 시작한다. 화학 물질의 이름은 '아세틸콜린'이다. 아세틸콜린이 시냅스를 거쳐 다른 신경 세포에 도착하면 그쪽 신경 세포에 다시 전기 신호가 만들어진다. 그런데 신경 세포는 왜 시냅스라는 것을 만들어 전기 신호를 화학 신호로 바꾸는 것일까? 괜히 구조만 복잡해져 신호 전달이 지체되는 것은 아닐까? 시냅스의 중요한 특징은 유연하다는 것이다. 시냅스를 통한 신호 전달의 강도는 조건에 따라 변화한다. 즉, 자주 사용하는 시냅스 연결은 강화되고 사용하지 않는 연결은 약화된다. 이는 기억과 학습의 근본 원리로 '신경 가소성'이라 부른다.

처음 자전거를 탈 때는 넘어지기 일쑤다. 뇌에서 신경을 통해 다리의 여러 근육에 일일이 명령을 내려야 하는데, 신경 신호의 전달 속도가 느려 자칫 균형을 잃을 수 있기 때문이다. 하지만 자전거를 자꾸 타다 보면 관련된 시냅스들을 자주 이용하게 되고, 신경 가소성 때문에 이들의 연결이 강화될 것이다. 이제 자전거에 올라타 일부 근육이 움직이기 시작하면, 강화된 신경계로 연결된 다른 근육들이 자동으로 움직인다. 신경

---

* 시냅스 신경 세포의 신경 돌기 말단이 다른 신경 세포와 접합하는 부위.

계가 연결 강화를 통해 근육의 움직임을 기억하고 있는 셈이며, 이를 자전거 타기를 '학습'했다고 할 수 있다.

달팽이부터 인간까지 신경계의 학습 원리는 같다. 신경 세포들 사이의 연결 강도가 변하는 신경 가소성이 학습 능력의 핵심이다. 신경 세포의 여러 개의 가지 돌기를 통해 전기 신호가 들어온다. 이 입력 신호들은 신경 세포의 몸통에서 합쳐지며, 입력된 값의 합이 임곗값*을 넘을 때만 축삭 돌기를 통해 신호를 내보낸다. 그리고 출력 신호는 다시 다른 신경 세포의 입력 신호가 된다. 그런데 같은 입력이라도 시냅스의 결합 강도에 따라 출력이 달라진다. 시냅스의 결합 강도가 강할수록 출력 신호의 세기도 강해진다. 기억은 시냅스의 결합 강도에 저장되어 있으며, 이 결합 강도가 강화되는 것을 '학습'이라고 한다.

그렇다면 결합 강도가 변하는 시냅스를 인공적으로 만들면 학습하는 기계를 만들 수 있지 않을까? 그렇다. 이것이 바로 인공 지능이다. 신경계의 특성을 컴퓨터 프로그램으로 구현하여 인공 신경망을 만드는 것이다.

다음 그림은 전형적인 인공 신경망의 모습을 대략적으로 나타낸 것이다. 이를 신경계에 빗대어 볼 때, 원은 신경 세포에 해당하고 화살표 방향으로 신호가 이동한다. 신호들이 입력층

---

* **임곗값** 사물이 어떠한 기준에 의하여 분간되는 한계의 값.

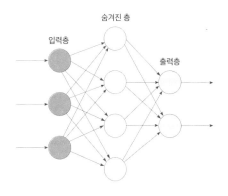

인공 신경망의 구조

의 신경 세포에서 화살표를 따라 숨겨진 층의 신경 세포로 이동한다. 신호는 전류가 흐르거나 흐르지 않거나 두 가지가 가능하다. 대개 전류가 흐르는 것을 1, 흐르지 않는 것을 0으로 나타낸다. 숨겨진 층에 있는 하나의 신경 세포를 보면 여러 개의 입력이 들어오는데, 이들은 각각 0 또는 1의 값을 갖고 출발한다.

그렇다면 인공 신경망에 시냅스를 어떻게 넣어 줄 수 있을까? 두 신경 세포가 화살표로 연결되어 있으므로 화살표가 전달 통로이자 시냅스가 된다. 따라서 신호가 이동할 때 화살표 각각에 가중치*를 주면 된다. 시냅스의 결합 강도에 해당하는

* **가중치** 일반적으로 평균치를 산출할 때 개별치에 부여되는 중요도.

가중치는 학습에 따라 바뀐다. 값을 입력한 후 원하는 값이 출력되도록 가중치를 조절하는 과정을 수없이 반복하면 적절한 가중치를 얻을 수 있다. 즉, 반복을 통해 적절한 가중치를 '학습'한다. 숨겨진 층에 있는 하나의 신경 세포는 자신에게 들어오는 모든 신호에 학습을 통해 얻은 가중치를 곱하여 더한 값이 임곗값을 넘을 때만 1을 출력하면 된다. 이런 식으로 숨겨진 층의 모든 신경 세포가 계산을 수행하고, 그다음 층으로 신호를 넘겨주면 최종적인 결과물을 얻는다. 입력이나 출력 모두 0과 1의 나열이다. 이렇게 생물학적 신경계와 동일한 원리로 작동하고 학습하는 기계를 만들 수 있다.

인간과의 바둑 대결로 세상을 떠들썩하게 했던 한 인공 지능도 본질적으로 지금 설명한 인공 신경망과 크게 다르지 않다. 단지 신경망의 연결 구조를 실제 인간의 뇌와 유사하게 만들고 다른 프로그램 기법을 추가하여 개량한 것뿐이다. 우리가 수없이 많은 문제를 풀고 답을 확인하여 뇌 속에 있는 시냅스의 결합 강도를 최적화시켜 학습하듯이, 인공 지능도 인간의 뇌를 모방하여 이와 같은 원리로 개발되고 있는 것이다.

인공 지능 로봇의 도덕적 지위*

신 상 규

인공 지능 로봇은 과연 도덕적 행위의 책임 주체나 혹은 도덕적 고려나 배려의 대상이 될 수 있을까? 우리는 이 로봇들과 어떻게 관계를 맺어야 하나?

로봇과 '관계 맺기'?

어떤 존재에게 도덕적 지위를 부여할 때, 우리는 어떤 방식으로 생각하는가? 우리는 인간이나 동물이 어떤 속성이나 특성을 가지고 있기 때문에 그에 부합하는 도덕적 지위를 갖는다고 생각하는 경향이 있다. 지능이나 의식, 고통을 느끼는 감수 능력 같은 것들이 도덕적 지위의 결정에서 중요하다고 여

---

* 이 글은 『포스트휴먼이 몰려온다』(신상규 외 지음. 아카넷 2020)에 수록된 「소셜로봇: 로봇과의 사랑? 관계의 재구성」의 일부이며, 교과서에 수록되면서 집필진이 글의 제목을 다시 달았다.

긴다. 제러미 벤담이 동물에서 주목한 것도 고통을 느끼는 감수 능력이다. 동물은 고통을 느낄 수 있기에 도덕적 배려의 대상이 되어야 한다는 것이다.

인공 지능 로봇도 비슷한 방식으로 도덕적 지위를 결정한다고 해 보자. 이때 우리가 가장 먼저 할 일은 인공 지능이 지능이나 의식, 고통 감수성을 갖고 있는지 따져 보는 것이다. 이에 대한 답변에 따라 다음의 두 가지 입장이 가능하다.

1. 인공 지능 로봇은 지능이나 의식의 특징을 가지므로, 도덕적 지위를 부여해야 한다.
2. 인공 지능 로봇은 지능이나 의식의 특징을 갖지 않으므로, 도덕적 지위를 부여하지 말아야 한다.

1과 2는 로봇이 지능이나 의식, 고통 감수성과 같은 성질을 갖는지 여부에 따라 그 도덕적 지위를 결정해야 한다는 주장이다. 그런데 여기서 우리는 사실과 당위*를 구분해 볼 수 있다. 로봇이 실제로 고통을 느낄 수 있는지는 과학적 탐구를 통하여 답변 가능한 사실의 영역에 속하는 문제다. 반면에 로봇의 도덕적 지위는 옳고 그름에 관한 가치 판단의 문제로 보인

＊당위 마땅히 그렇게 하거나 되어야 하는 것. 마땅히 있어야 하는 것. 또는 마땅히 행하여야 하는 것.

다. 즉, 이는 사실이 아니라 당위에 관련된 문제라는 것이다. 둘은 범주상 서로 다른 영역에 속한다.

1, 2는 사실을 기초로 해서 가치나 당위에 대한 입장을 이끌어 낸다. 하지만 데이비드 흄과 같은 철학자는, 사실은 당위에 관한 판단을 논리적으로 함축하지 않는다고 생각한다. 현대 철학자 조지 에드워드 무어는 사실로부터 가치나 당위를 추론하는 것에 대해 '자연주의적 오류'라는 이름을 붙였다. 그렇다면 1과 2의 입장은 자연주의적 오류를 범하고 있는 것이 아닐까? 다행인지 불행인지, 자연주의적 오류가 진짜 오류인지에 대해서 철학자들의 입장이 갈린다. 그런데 그 오류 여부를 떠나서, 의식과 같은 사실적 속성의 유무와 무관하게, 마땅히 그래야 한다는 가치의 문제로 로봇의 도덕적 지위 문제에 접근해야 한다는 입장이 있을 수 있다. 3과 4가 그런 입장들이다.

> 3. 인공 지능 로봇이 지능이나 의식의 특징을 가진다 해도, 도덕적 지위를 부여하지 말아야 한다.
> 4. 인공 지능 로봇이 지능이나 의식의 특징을 갖지 않아도, 도덕적 지위를 부여할 수 있다.

3은 설령 로봇이 지능이나 고통을 느낀다고 하더라도 도덕적 지위를 부여하지 말아야 한다고 주장한다. 로봇은 도구나 노예 같은 존재로 제작된 것이다. 그런데 도덕적 지위를 부여할 것이면 굳이 그걸 만들 이유가 있나? 우리가 편하려고 만든 건데, 왜 그것들을 도덕적으로 대우해야 할까? 이처럼 3은 로봇은 인간의 필요에 의해 만들었기 때문에, 그 목적의 실현을 위한 노예나 도구로 취급해도 된다는 입장이다.

4는 입장이 조금 미묘하다. 이는 로봇이 의식이나 고통 감수성과 같은 속성을 갖지 않아도, 도덕적 지위를 부여할 수 있다고 주장한다. 넷 중 가장 비직관적이며 일반적 상식과도 거리가 멀어 보인다. 의식이나 고통 감수성을 갖지 않는데 왜 로봇에게 도덕적 지위를 부여해야 할까? 그런데 4의 입장이 잘 드러나는 사례도 존재한다. 아이보* 합동 장례식을 생각해 보자. 장례식에 참석한 당사자들도 아이보는 기계니까 영혼이 없다는 것을 잘 안다. 그럼에도 명복을 빌어 주고 싶어 한다. 거기에 대해 스님은 그게 인간 마음의 오묘함이라고 말한다. 4의 입장은 로봇이 실제로 무엇이든 간에, 사람들이 로봇을 대하는 방식과 더불어 그것들과 어떤 유의미한 관계를 맺고 있는가에 입각하여 도덕적 지위 여부가 결정된다고 본다. 이때 인공 지능 로봇이 실제로 어떤 존재인지는 중요하지 않다.

상식적으로 1, 2가 가장 그럴듯해 보인다. 하지만 1과 2의 입장에도 쉽게 해결하기 힘든 만만치 않은 철학적 문제들이 걸

---

* 아이보(AIBO) 일본 소니사가 1999년 출시한 반려견 로봇. 2006년 수익성 악화를 이유로 생산이 중단됐고, 2015년부터는 고장 나서 작동하지 않는 아이보를 해체하여 그 부품을 다른 아이보를 수리하는 데 쓰고 있는데, 해체하기 전에 장례를 치러 준다고 한다.

려 있다. 먼저 왜 의식이나 고통 감수성과 같은 특성들이 도덕적 지위를 결정하는 핵심 기준인지를 정당화할 필요가 있다. 그런데 혹시 이는 우리 인간의 감수성이나 종족적 편견을 반영하는 것은 아닐까? 그리고 설령 그 속성들이 중요하다고 해도, 로봇이 의식을 갖는지 여부는 어떻게 확인할 수 있는가? 이는 철학에서 흔히 '타인의 마음' 문제라고 부르는 것이다.

3의 입장은 조금 과격해 보인다. 이는 기술이 발전해도 로봇은 노예나 하인 역할에 머물러야 한다고 주장한다. 아리스토텔레스는 노예를 살아 있는 도구라고 이야기한 바 있다. 아리스토텔레스에게 노예는 인간이 아니고 도구였다. 이런 입장에서는 설령 로봇이 고통을 느끼더라도 도덕적으로 대우할 필요는 없다. 그런데 과연 그럴까? 우리가 로봇을 도구나 노예로 만들었다 해도, 그것이 고통을 느끼는 존재인데 막 때리거나 죽여도 되는가? 3의 입장은 우리가 다른 인간이나 동물을 대우하는 기존의 가치관과 충돌한다.

자라나는 관계

그렇다고 해서 4번의 입장을 택하자니 뭔가 석연치 않다. 하지만 4의 입장도 사실 생각해 볼 여지는 상당하다. 로봇이 의식 등의 특성을 결여하고 있어도 우리는 얼마든지 그것에 대해 감정적 태도를 가질 수 있다. 내가 외로운데 5년, 10년을 로봇 강아지 아이보와 함께 살았다고 가정해 보자. 내가 집으로 돌아오면 꼬리를 흔들며 마중 나오고, 말하면 고개를 끄덕이며 반응한다. 이렇게 교감하며 잘 지내 왔는데 어느 날 그것이 고장 나서 '죽으면' 슬프지 않겠는가? 그간의 교감은 무의미한 장난이었을까? 기계일 뿐인데 내가 바보같이 속은 것일까? 물론 그렇게 생각할 수도 있다. 하지만 같은 기계라고 해도 빵 굽는 토스트와 아이보를 대하는 방식은 다르다. 소셜 로봇이라는 것은 사람이 동물이나 다른 인간에게 감정을 이입하는 행동 양식을 이용해 인간의 정서적 반응을 인위적으로 이끌어 내려고 만든 로봇이다. 이런 애완 로봇이 일반화된다면, 내가 화난다고 해서 로봇을 망치로 부수거나 하면 나쁜 사람으로 평가받지 않겠는가.

우리는 동물도 도덕적으로 존중받아야 한다고 생각하지만, 여전히 동네 더럽힌다고 길고양이를 죽이는 사람도 있다. 그 사람들은 왜 그런 것일까? 그들에게 고양이는 아무런 의미가 없는 물건일 뿐이기에 그렇다고 추정해 볼 수 있다. 돼지는 또 어떤가? 돼지는 개보다 지능(IQ)이 더 높다고 알려져 있다. 그런데 인간은 돼지를 먹는다. 인간이 돼지를 먹는 것은 사회적으로 인정받는 행동 양식이다. 돼지를 먹는 것은 비난하지 않지만 고양이를 때려죽이는 것은 비난받는다. 개를 식용으로 잡아도 비난받을 수 있다. 이것은 사회적 규범화의 결과이다.

그렇다면 애완동물처럼 애완 로봇과의 관계가 보편적으로 인정받는 사회적 행동 양식이 되었다고 해 보자. 이때 누군가

화난다고 해서 애완 로봇을 부수면 사회적 통념이나 규범에 어긋나기에 비난받지 않을까? 4의 입장에서는 그렇다고 대답한다. 이런 입장과 가까운 사람이 마르크 쾨켈베르크*라는 철학자다. 그는 도덕적 지위 문제에서 실제로 우리가 대상과 어떻게 관계 맺고 있는지가 중요하다고 생각한다. 로봇이 실제로 어떤 존재인지를 따지는 일보다 일상적 경험 행위 속에서 우리가 그들과 관계 맺는 방식이 더 중요하다는 것이다. 그래서 로봇이 진짜 감정이 있는지를 묻기보다, 그것이 우리에게 감정이 있는 존재로 보이는지, 우리는 그것과 어떻게 상호 작용하고 있는지를 물어야 한다.

이런 입장을 관계론적 접근이라고 한다. 1과 2의 입장에 따르면, 도덕적 지위는 실재하는 속성의 문제이고 그 속성에 입각하여 과학적으로 결정하면 될 문제이다. 그런데 관계론적 접근에 따르면, 도덕적 지위는 객관적인 속성의 문제가 아니라 인간과 인간, 인간과 동물, 인간과 자연이 맺고 있는 다양한 일상적 관계의 방식 속에서 정해지는 문제이다. 말하자면, 어떤 존재의 도덕적 지위는 우리 삶의 근간을 이루는 관계에 대한 문화적 태도나 습관에 따라 결정된다는 것이다. 쾨켈베르크는 이를 일상적 삶의 양식 속에서 실천되는 다양한 경험들

---

* **마르크 쾨켈베르크(Mark Coeckelbergh)** 벨기에 출신의 기술 철학자로, 오스트리아 빈대학교 교수. 로봇공학과 정보통신기술(ICT)의 윤리에 관해 세계적인 명성을 얻고 있으며, 우리나라에서 번역 출간된 책으로 『AI 윤리에 대한 모든 것』 『인공지능은 왜 정치적일 수밖에 없는가』 등이 있다.

의 토양 위에서 자연스럽게 "자라나는(growing)" 것이라 표현한다. 어떤 존재의 도덕적 지위는 인간과 해당 대상 사이에 일어나는 다양한 상호 작용이나 관계 맺기라는 과정의 토양 위에서 자라난다는 것이다. 도덕적 지위는 누군가가 억지로 부여하는 것이 아니라 우리의 삶의 방식, 태도, 습관을 통해 저절로 형성되는 것이다.

　대상이 우리에게 보이는 방식이나 우리가 그것과 관계하는 방식은 우리가 어떤 종류의 문화 속에 살고 있는지에 따라 달라진다. 예를 들어 서양인들은 랍스터 회는 손도 대지 않고 익힌 랍스터만 먹는다. 랍스터가 아무리 맛있다고 해도 어릴 때부터 먹어 온 습성 때문에 서양인에게 횟감은 익숙하지 않은 징그럽고 맛없는 음식일 뿐이다. 선입관에 의해 음식 맛도 이처럼 달라진다. 선입관은 삶의 문화적 습관에서 나온다. 그런 문화의 습관에 따라 사물이나 동물도 다르게 보인다. 과거 선조들에게 집에서 키우는 개는 잘 키워 놨다가 잡아먹는 가축이었다. 지금은 어떤가? 가족과 같은 존재가 되었다. 수술비가 거금 몇백만 원이 든다 해도 그 돈이 아깝지 않은 존재이다. 과거 사회가 틀렸고 우리가 맞다는 게 아니라 삶의 습관과 문화적 습관, 우리의 삶을 조직하고 구성하는 틀이 바뀌었다는 얘기다. (중략)

다른 '인간'을 맞을 준비

로봇과 인간의 관계에 대해 어떤 태도가 옳다고 단적으로 말할 수는 없다. 문화는 바뀌어 가는 것이니, 로봇에 대한 여러 가지 서사가 사람들에게 얼마만큼 새로운 언어적 상상력을 보여 주느냐에 따라서 그 관계의 양상은 얼마든지 달라질 수 있다. 로봇과 함께 살아가는 방식은 우리의 일상을 지배하는 가치관이나 문화적인 삶의 습관과 관련되어 있다. 그것은 임의로 바뀌는 것이 아니라 다양한 요소들의 상호 작용을 통해 변화한다. 철학도 개입될 것이고 문학적 상상도 개입될 것이며, 종교적 태도나 전통적으로 내려오는 문화적 관습, 낯선 현상에 대한 태도, 과학이나 새로운 기술을 대하는 태도, 로봇에 대해 말하는 방식과 같은 다양한 요소들이 복합적으로 작용하여 로봇에 대한 우리의 경험을 결정할 것이다.

로봇에게 지위를 부여하는 주체는 인간이다. 로봇이 우리에게 드러나는 방식에 따라서 거기에 걸맞은 지위를 우리가 부여한다. 그 드러나는 방식은 누가 혹은 무엇이 결정하는가? 문화적 습관으로서의 삶의 양식이다. 그렇다면 '기계 질문'(지능적 기계의 도덕적 지위는 무엇인가, 지능적 기계는 도덕 공동체의 일원이 될 수 있는가)은 결국 우리가 어떤 존재인지를 묻는 질문이다. 과거 노예제 시절에 주인이 노예를 대하는 태도는 그 당시를 살았던 사람들이 어떤 사고방식이나 태도를 지녔는지, 다시 말해서 그들이 어떤 종류의 인간이었는지를 드러

낸다. 21세기 우리가 보이는 태도나 행동도 마찬가지다. 우리가 동물을 대하는 태도는 우리가 어떤 종류의 존재자들에게 연대감을 느끼고 어떤 가치를 추구하는 존재인지를 보여 준다.

로봇에 대해서도 마찬가지로 얘기할 수 있다. 이는 단지 로봇을 어떻게 대우하느냐의 문제가 아니라, 기술적 존재들에 대한 우리의 심성과 그것들을 지배하는 우리의 가치 체계에 관한 문제다. 다른 존재의 도덕적 지위에 대한 물음은 결국 우리에 관한 질문이고 우리 사회에 관한 질문이라 할 수 있다. 가령 우리는 기계와 관련된 어떤 현상을 비난할 수 있다. 로봇 섹스가 그럴 가능성이 높다. 섹스하는 로봇을 가족이라 여기는 자들은 아마도 또 하나의 성소수자가 될 가능성이 높다. 그때 문제가 되는 것은 로봇과 인간의 관계가 아니다. 로봇과 사랑에 빠진 인간과, 사랑은 인간과 인간 사이에만 가능하다고 생각하는 인간 사이의 대립이 문제인 것이다. 우리가 어떤 가치관, 어떤 이념, 어떤 규범을 가지고 세상을 바라보느냐 하는 것은 곧 다른 존재, 단순히 로봇이 아니라 로봇과 각자 다른 관계를 맺고 있는 다른 '인간'을 우리가 어떻게 보느냐의 문제이다. 이는 결국 다른 '인간'을 어떻게 대할 것인가의 문제이기도 하다. 우리는 이들을 우리의 일부로 인정할 준비가 되어 있는가? 이것이 포스트휴먼* 시대에 우리에게 주어진 숙제이다.

＊포스트휴먼 현 인류보다 더 확장된 능력을 갖춘 존재로서, 지식과 기술의 사용 등에서 현대 인류보다 월등히 앞설 것이라고 상상되는 진화 인류.

인공 지능과 친구가 될 수 있을까

김
대
식

　요즘 우리는 인공 지능을 주제로 한 책과 영화를 자주 접합니다. 오늘 소개할 『클라라와 태양』*(2021)도 인공 지능에 관한 소설입니다. 클라라라는 이름을 가진 인공 지능 로봇은 책에서 인공 친구라고 소개됩니다. 인공 친구는 인간에게 진정한 친구로 있어 주기 위해 개발된 대상입니다. 가게의 진열장에서 인간에게 입양되기를 기다리던 클라라는 조시라는 어린아이가 사는 가정에 입양됩니다. 조시는 몸이 아픈 아이로, 클라라는 조시의 친구가 되어 줍니다. 그럼 한번 질문해 봅시다. 우리가 인공 지능 로봇이 있는 미래를 그릴 때, 왜 인공 지능 로봇을 친구로 삼는 것을 상상하는 것일까요?

---

* 『클라라와 태양』 일본에서 태어나 영국에서 성장한 가즈오 이시구로(Kazuo Ishiguro)의 장편소설. 인간 소녀와 그의 친구가 된 인공 지능 로봇의 우정을 다룬 작품.

이에 관한 답을 찾으려면 먼저 우리는 인간에게 친구가 왜 필요한지부터 살펴보아야 합니다. 지금부터 수십만 년 또는 수백만 년 전 과거로 돌아가 생각해 봅시다. 현생 인류의 조상으로 추정되는 오스트랄로피테쿠스*는 대부분 맹수에게 사냥당하기 쉬운 대상이었을 것입니다. 먼 과거의 영장류는 지구에서 가장 나약한 존재 중 하나였는데, 우리를 사냥하던 맹수의 후손은 현재 동물원에 갇혀 있습니다. 어떻게 이런 일이 가능했을까요?

일각에서는 고도로 지능이 발달하면서 뇌가 급격하게 커진 호모 사피엔스가 출현해 지구에서 인류가 가장 높은 지능과 기술력을 지니게 되었기 때문이라고 설명합니다. 호모 사피엔스가 정교하게 무기를 만들어 자신보다 큰 맹수의 공격을 이겨 냈다고 본 것입니다.

그런데 문제가 하나 있습니다. 인류의 뇌가 급격하게 커신 것이 호모 사피엔스만큼 지능이 뛰어나지 않았던 호모 에렉투스* 시점부터라는 가설 때문입니다. 이 가설에 따르면 고도로 지능이 발달한 것이 뇌를 급격하게 커지게 한 핵심적 원인이 아닐 수도 있다는 것입니다.

그렇다면 인류의 뇌를 커지게 한 핵심적 원인은 무엇일까

---

* **오스트랄로피테쿠스** 약 300만 년 전에 생존하였던 것으로 추정되며 뇌 용량은 고릴라보다 약간 큰 정도이고 유인원의 특징이 있으나 완전한 직립보행을 했다는 점에서 인류에 가깝다.
* **호모 에렉투스** 직립 보행을 하고 불을 사용하였으며 전기 구석기 문화를 지니고 있었던 인류.

요? 최근 많은 진화학자는 인류의 뇌를 커지게 한 핵심 요인으로 친구를 꼽습니다. 앞서 말씀드린 대로 인류는 나약해서 혼자 맹수와 싸우면 맹수에게 사냥당하지만, 친구 백 명과 힘을 합치면 매머드도 사냥할 수 있었습니다. 살아남기 위해서는 많은 수의 친구를 확보할 필요가 있었던 것입니다. 그런데 많은 수의 친구를 사귀려면 '내가 일주일 전에 상대에게 바나나 세 개를 주었는데 상대는 나에게 바나나를 몇 개 주었을까?'와 같이 서로 간의 거래를 기억해야만 그 관계를 오래 유지할 수 있었을 것입니다. 더 많은 친구를 확보하기 위해서는 많은 양의 정보를 기억해야 하고, 그 과정에서 뇌가 점점 커질 수밖에 없었다는 것이 최근의 가설입니다. 이런 가설을 바탕으로 할 때 인간이 친구를 필요로 한 이유는 자신을 지키고, 자신이 원하는 바를 이루기 위해서라고 할 수 있습니다.

그런데 친구가 많아지면 많아질수록 문제가 하나 생깁니다. 나의 상황이 좋을 때는 내가 주는 혜택을 받다가 상황이 안 좋아지면 도망가는 이들이 많아진다는 것입니다. 오늘날 온라인상에 있는 그 많은 친구는 내가 무언가 필요로 할 때 도움을 주나요? 클라라와 같은 인공 친구는 이런 질문에서 자유롭습니다. 처음부터 내가 원하는 것을 만족시켜 주는 기능을 지닌 로봇으로 만들어졌기 때문입니다. 이런 친구를 우리가 계속 구상하는 것은 언제든지 나의 요구를 들어주고, 나를 행복하게 해 주는 친구가 현실에서 점점 사라지면서 기술을 활용해 인공적인 친구라도 만들고자 하는 마음이 반영된 것입니다.

여러분은 몇 명의 친구를 곁에 두고 있나요? 내가 도움을 청할 때 들어주고, 나를 행복하게 해 주는 친구는 몇 명인가요? 소설 속 이야기처럼 인공 친구를 구매할 수 있는 시대가 온다면 인간은 인공 친구를 진정한 친구로 떠올릴지도 모릅니다.

예술하는 인공 지능

최
선
주

　인공 지능은 창의적일 수 있을까? 인공 지능 창작의 예술적 가능성을 탐구하기 위해 가장 먼저 해결해야 할 질문은 이것이다. 우리는 예술 작품 속에서 번뜩이는 창의성을 마주하고 미적 자극을 받기 때문이다. 우리는 흔히 창의적인 아이디어가 '떠오른다'고 말한다. 창의성은 정해진 절차나 과정에 따라 도출*되는 것이 아니라 불현듯 나오는 것이라고 여긴다. 실제로 창의적인 생각은 뜻밖의 순간에 떠오르는 경우가 많다. 그래서 창의성의 조건 가운데 하나가 우연성이라는 것에는 별다른 이견이 없다.

　그런데 창의성을 이야기할 때의 우연성은 우리가 흔히 말하는 우연과는 그 의미가 다르다. 통상적으로 우리는 우연을 무

＊**도출** 판단이나 결론 따위를 이끌어 냄.

작위와 비슷한 의미로 생각한다. 주사위 놀이를 우연의 확률 게임이라고 부르거나, 원숭이들이 우연히 「햄릿」을 쓰는 일은 없다고 말하는 경우가 그렇다. 하지만 창의성의 조건으로 언급되는 우연성은 '무작위의', '아무런 인과 관계가 없는', '독립적인 사건들이 어쩌다 동시에 발생하는' 등의 의미가 아니다.

진화론자들이 원숭이 여러 마리를 데려다가 타자를 치게 하면 언젠가 「햄릿」을 쓸 수 있을 것이라는 주장을 펼쳤지만, 아무리 오랜 시간이 지나도 원숭이들은 단어 하나도 제대로 만들지 못했다. 우연한 발견의 대표적 사례로 꼽히는 알렉산더 플레밍의 페니실린 발견도 세균학에 대한 지식이 없었다면 불가능한 일이었을 것이다. 이 두 사례는 창의성의 조건이 되는 우연성은 무작위성이 아니라는 것을 말해 준다.

창의성이 발휘되려면 사물을 알아보고 기억하고 인지하는 등의 복잡한 지적 구조가 뒷받침되어야 한다. 다시 말해 창의성이란 데이터베이스의 지식이나 생각을 결합해 재생산한 결과이며, 창의성의 조건이 되는 우연성은 지식이나 생각의 결합 과정에 작용하는 것이다.

우연성을 탐구한 많은 예술가 가운데 가장 대표적인 인물은 미국의 작곡가 존 케이지다. 케이지는 우연성을 예술의 영역으로 끌고 들어옴으로써 현대 예술에 큰 영향을 끼쳤다. 또한 그의 작품에는 인공 지능 창작의 가능성이 내포되어* 있다. 실시간으로 업데이트되는 데이터베이스를 활용하여 우연적으로 데이터를 선택하는 방법이 그의 작품에 내재되어* 있기 때문이다.

케이지는 '우연성 음악'을 표방하면서 우연성이 작용하는 여러 음악을 작곡하였다. 이들 음악에서 케이지는 우연성을 체계적으로 구현하기 위해 세 가지 방법을 사용했다. 첫 번째는 주사위, 동전 던지기, 난수표* 등을 이용해 악보를 만드는 것이다. 두 번째는 케이지의 도형 악보라고 불리는 세모, 네모, 선 등의 기호만 그려져 있는 도형 악보를 연주자에게 주고 연주자가 자유롭게 기호를 해석하고 우연적인 영감을 받으면서 연주하게 하는 것이다. 세 번째는 작곡가가 각기 분리된 여러 단편의 악보를 주고 연주자가 기분에 따라 연주 순서를 정하게 하는 것이다.

케이지의 많은 우연성 음악 가운데 「상상 풍경 4(Imaginary Landscape No.4)」는 작가가 통제할 수 없는 방대한 데이터베이스를 활용한 작품이다. 이 작품을 연주하려면 열두 대의 라디오에 각각 두 명씩, 총 스물네 명의 연주자가 필요하다. 연주자는 악보에 따라 라디오 주파수, 볼륨 등을 조절하는데, 이들이 보는 악보는 케이지가 동전을 던져 작곡한 열두 개의 각기 다른 악보이다. 또한 연주 장소마다 청취할 수 있는 라디오 주파

---

* 내포하다 어떤 성질이나 뜻 따위를 속에 품다.
* 내재하다 어떤 사물이나 범위의 안에 들어 있다.
* 난수표 0에서 9까지의 숫자를 각 숫자가 나오는 비율이 같도록 무질서하게 배열한 표.

수가 다르기 때문에 어떤 소리가 들릴지 결과를 예측할 수 없다. 「상상 풍경 4」에서 우연성은 케이지가 작곡하기 위해 동전을 던질 때, 연주자가 악보를 보고 연주할 때, 그리고 실시간으로 변화하는 라디오에 의해 발생한다. 이 작품의 데이터베이스가 되는 라디오 소리에는 케이지뿐만 아니라 연주자, 관람객도 개입할 수 없다.

「상상 풍경 4」를 비롯한 케이지의 우연성 음악과 오늘날의 인공 지능 창작물은 창작 과정에서의 공통점이 있다. 각자의 데이터베이스에서 창작에 유효한 데이터를 가져오는데 그 방법이 우연성에 기대고 있다는 점이다. 창작하는 인공 지능은 기존의 음악이나 그림을 데이터로 사용하고 내부 알고리즘*에 따라, 다시 말해 확률론적 프로그래밍에 의해 우연성을 발생시켜 새로운 창작물을 선보인다.

인간의 창의성도 아이디어를 결합하고 재생하는 우연적이고도 기계적인 행위 속에서 발생한다. 물론 기계적 우연성과 보편적 의미에서의 창의성을 동일하게 보는 것은 창의성을 좁은 의미로 해석하는 것이다. 그러나 주목할 것은 인공 지능 역시 사람처럼 데이터를 조합하는 과정에서 창의적으로 보이는 결과물을 선보일 수 있다는 사실이다.

＊ **알고리즘**(algorism) 어떤 문제의 해결을 위하여, 입력된 자료를 토대로 하여 원하는 출력을 유도하여 내는 규칙의 집합.

인공 지능의 결과물이 창의적으로 보이고, 인공 지능을 만든 사람조차 왜 그런 결과물이 나왔는지 밝히지 못할 경우, 우리는 그 인공 지능을 창의적이라고 부를 수밖에 없다. 인공 지능의 결과물을 인간의 예술 작품과 완벽하게 동등하다고 볼 수는 없지만, 인공 지능으로부터 우연성을 바탕으로 한 예술적 가능성을 확인하는 일은 어렵지 않다.

더워진 지구에서
가장 위험한 것은 무엇일까*

남성현

온실가스는 어떻게 늘어날까?

대기 중 온실가스 농도가 증가하며 온실 효과*로 지구 온난화 같은 기후 변화가 발생한다. 실제로 하와이 마우나로아 관측소(Mauna Loa Observatory)에서 오래전부터 대기 중 이산화탄소 농도를 측정해 왔는데, 지난 수십 년간 지속해서 그리고 빠르게 상승해 오랜 지구의 역사에서 볼 수 없었던 수준까지 도달했다. 오늘날 대기 중 이산화탄소 농도는 이미 400ppm을 넘어 회복 불가능한 기후 변화가 초래될 것으로 우려하는 450ppm 수준에 근접하고 있다. 이처럼 전례를 찾을 수 없을

---

* 이 글은 『2도가 오르기 전에』(애플북스 2021)에 수록된 「온실가스는 어떻게 늘어날까?」와 「더워진 지구에서 가장 위험한 건 무엇일까?」를 합친 것이다.
* **온실 효과** 대기 중의 수증기, 이산화탄소, 오존 따위가 지표에서 우주 공간으로 향하는 적외선 복사를 대부분 흡수하여 지표의 온도를 비교적 높게 유지하는 작용. 빛은 받아들이고 열은 내보내지 않는 온실과 같은 작용을 한다는 데서 유래한 말이다.

정도로 온실가스 농도와 지구 평균 기온이 급등한 것은 본격적인 인류 활동으로 온실가스 배출량이 급증하기 시작한 약 100여 년 전부터의 일이다. 오랜 인류 문명사와 그보다 더 오랜 지구의 역사에 비해 상대적으로 매우 짧은 기간이라 할 만한 지난 100년간 도대체 인류는 어떤 활동을 통해 얼마나 온실가스 배출을 늘린 것일까? 대기 중 온실가스 농도는 어떻게 회복 불가능한 수준에 가까울 정도로 높아진 것일까? 오늘날 어느 나라가 얼마나 온실가스를 배출하고 있을까?

마우나로아 관측소처럼 온실가스 농도만 측정하는 방식으로는 이러한 질문에 답할 수 없고, 온실가스 농도 증가의 원인이 되는 온실가스 배출량을 파악해야만 할 것이다. 오늘날 가장 뚜렷한 온실가스 배출원은 산업 혁명 후 크게 늘어난 석탄, 석유, 천연가스 등의 화석 연료다. 국제에너지기구(IEA)에서는 지구 평균 기온 1도 상승 중에서 0.3도 이상을 석탄 화력 발전에 따른 것으로 추산할 정도로 화석 연료 중에서도 석탄 사용을 탄소 배출의 가장 큰 문제로 꼽는다.

오늘날 대기 중으로 배출되는 수백억 톤 이상의 탄소 중에서 약 15퍼센트가 석탄, 약 12퍼센트가 석유, 약 7퍼센트가 천연가스 사용에 따른 것이라고 한다. 사실 화석 연료는 세계 경제 발전의 원동력이었고 현재도 세계 에너지의 약 80퍼센트를 차지하고 있다. 따라서 탄소 같은 화석 연료 사용을 줄이는 과정이 그리 순탄하지만은 않을 것임이 분명하다. 자본주의 속성상 이윤 추구를 위한 생산 활동은 필수이며 화석 연료를 에너지원으로 사용하므로 자본주의가 발달한 나라에서 탄소 배출도 많을 수밖에 없다. 오늘의 문명은 탄소가 만들어 낸 것이라 해도 과언이 아닐 것이다. 국가별로 비교해 보면 인구 수로는 전 세계 인구의 14퍼센트에 불과한 미국, 서유럽, 캐나다, 호주, 일본 등 23개 선진국이 1850년 이후 이산화탄소량의 60퍼센트를 배출했다. 현재는 중국, 미국, 서유럽, 인도 및 중국 외 아시아 등에서 높은 배출량을 기록하고 있다. 태양광 등 여러 재생 에너지 개발 노력과 빠른 성장세에도 불구하고 석탄 화력 발전은 전 세계 에너지 수요에 부응해 여전히 높은 비율로 탄소를 배출하고 있다. 또 세계 100대 기업의 탄소 배출량이 1988년부터 2015년까지 배출된 전체 탄소 배출량의 70퍼센트를 넘어설 정도로 거대 자본의 경제 활동과 탄소 배출량은 매우 밀접한 관계에 있다.

　자연적인 기후 변동성의 범위를 넘어 인위적 기후 변화를 만들어 낸 것이 인간 활동이었으니 이것을 해결하는 것도 당연히 인간의 몫이다. 영국의 천재 물리학자 스티븐 호킹 박사는 세상을 떠나기 전 "인류 멸망을 원치 않는다면, 200년 안에 지구를 떠나라."라고 말했다. 그러나 우리는 지구를 떠날 능력도 그럴 자격도 없다. 특히 지금의 기성세대는 기후 변화를 인식한 첫 세대이자 이를 해결할 수 있는 유일한 세대이다. 화석 연료 사용을 획기적으로 줄이고 재생 에너지 상용화* 비율을 높이는 것은 물론 각종 교통 수단과 경제 활동을 위한 산업 방식을 뿌리째 바꾸어 탈탄소 문명을 새로 만들어야만 한다. 또 이산화탄소를 흡수하는 육상과 해양의 자연 생태계를 회복해야 하며 무엇보다 기후 변화를 감시하고 대응하는 역량을 높여서 지속 가능한 지구 환경을 다음 세대에 물려주어야 한다. 건강과 지구 환경 문제뿐 아니라 기후 문제에까지 악영향을 미치는 육식 위주의 식단을 바꿔야 한다는 목소리도 높다. 모두가 채식주의자나 비건(vegan)*이 되어야 하는 것은 아니지만 육류 소비를 줄여 공장식 축산 방식에 따른 지구 환경 파괴와 탄소 배출을 줄이는 것은 지구 환경 회복에 보탬이 될 것임이 분명하다. 국제 사회가 기후변화협약을 체결하고 각국이 2050년 전후로 탄소 중립*을 이루겠다고 선언하고 있다. 하지만 선언만으로는 저탄소 사회로의 대전환이 이루어질 수 없다. 따라서 탄소 순배출량을 조기에 줄일 수 있는 구체적인 이행 계획을 세우고 지속적으로 점검 및 보완하는 노력이 앞으로 점점 더 중요해질 것이다.

더워진 지구에서 가장 위험한 건 무엇일까?

지구 온난화로 지구 평균 기온이 오르고 있으니 무더위가

＊상용화 물품이나 기술 따위가 일상적으로 쓰이게 됨. 또는 그렇게 만듦.
＊비건 동물을 착취해서 만든 모든 것들의 소비를 지양하는 사람을 말한다.
＊탄소 중립 탄소를 배출하는 만큼 그에 상응하는 조치를 하여 실제 배출량을 0으로 만드는 일.

가장 위험하다고 할 수 있을까? 평균 기온 상승 폭은 지난 수십 년간 1도에 불과하며 그것이 곧 폭염을 의미하지는 않으므로 반드시 폭염이 가장 위험하다고 말하기는 어려울 것이다. 사실 지구 평균 기온 상승보다 훨씬 더 위험한 것은 폭염 외에 폭우와 폭설, 한파 등 지구 온난화로 그 특성이 변화하는 극한 기후(extreme climate events)와 악기상(severe weather)*의 빈도와 강도 증가라 할 수 있다. 지난 2020년부터 우리 기상청에서는 폭염 주의보나 폭염 경보 같은 폭염 특보 발령 기준으로 과거의 일 최고 기온 대신 체감 온도를 사용하기로 했다. 우리나라뿐 아니라 주요국의 기상 당국에서는 기온 외에도 습도와 일사량* 등 다양한 변수를 사용해 각국 사정에 적절한 폭염 지수와 특보를 개발해 운용 중이다.

우주 비행사의 생존 가능 기온 범위를 실험한 결과, 기온이 섭씨 70도까지 오르더라도 상대 습도가 10퍼센트 이하면 수일간 생존할 수 있으며 40퍼센트까지 증가하면 생존 한계가 섭씨 47도로 낮아지고 100퍼센트에서는 섭씨 35도 이상에서 생존이 불가능한 것으로 나타났다. 이처럼 습도가 높으면 같은 온도에서도 불쾌지수가 높아지고 실제 생존 위협도 증가한다.

또 주요 도시별로 온도에 따른 사망자가 급격히 늘어나는

---

* **악기상**(惡氣象) 기준 이상의 기상 현상으로, 일상생활에 어려움을 유발하거나 재해를 유발하는 기상 현상.
* **일사량** 태양의 복사 에너지가 땅에 닿는 양.

임계점*에 차이가 나타나는데, 고위도 혹은 북쪽(북반구 기준, 남반구에서는 반대로 남쪽)에 위치한 도시일수록 임계 온도가 낮아 폭염에 취약하다. 예를 들면, 2010년 러시아에서 폭염 당시 5만 명 넘게 사망했는데 만약 대만에서라면 같은 온도까지 올랐다 해도 사망자가 거의 없거나 매우 적었을 것이다. 우리나라에서도 남쪽에 있는 대구에서는 섭씨 35도에서 인구 1천만 명당 폭염 사망자 수가 5명 이내이지만, 북쪽에 있는 인천에서는 같은 온도라도 사망자 수가 20명 정도로 월등히 높아지는 것으로 조사된 바 있다. '대프리카'란 별명처럼 우리나라에서 가장 더운 지역으로 알려진 대구는 폭염 대비도가 높지만, 인천 같은 북쪽 도시들은 폭염 취약성이 오히려 크다. 폭염과 반대로 한파는 저위도 혹은 남쪽(북반구 기준, 남반구에서는 반대로 북쪽)에 위치한 도시일수록 임계 온도가 더 높아 취약하다. 같은 이치로 생각해 보면 평소 강수량이 적은 건조 기후 지대에 위치한 도시 사람들이 폭우와 폭설에 취약하고, 습윤 기후 지대에 위치한 도시 사람들이 가뭄에 취약할 것이다.

　기후 변화로 나타나는 지구 환경의 변화는 그저 평균 기온이 조금 오르는 지구 온난화만이 아니다. 전 지구적인 열 수송과 물 순환(water cycle) 혹은 수문 순환(hydrological cycle)의

＊ **임계점** 어떤 물질의 구조와 성질이 다른 상태로 바뀔 때의 온도와 압력을 말함. 보통 '경계에 다다른 지점.' '변화를 일으킬 지점' 등의 의미로 쓰인다.

변화를 시작으로 폭염과 한파뿐만 아니라 폭우(호우), 폭설(대설)이나 태풍과 해일 등 각종 자연재해 특성까지 변화시키고 극한 기후와 악기상의 빈도와 강도를 높여 점점 더 심각한 피해를 안기고 있다. 특히 과거의 기후에 적응한 지역에서 이상 기후가 나타나면 대비도가 낮아 종종 큰 피해를 입는다. 그러한 자연재해의 피해 규모는 인재 피해 규모를 훨씬 웃돌며, 실제로 이러한 자연재해 인명 피해와 재산 피해는 지난 수십 년 동안 꾸준히 증가해 왔다. 기후 변화로 전례 없던 악기상과 '신종' 자연재해가 속출하는 오늘날, 지구 환경의 과학적 변화 원인을 파악해 기후 재앙에 대한 대비도를 빠르게 높이지 않으면 인류의 자연재해 피해 규모는 머지않아 감당하기 어려운 수준으로 치달을 것이다.

폭염, 한파, 폭우, 폭설, 가뭄, 산불, 태풍, 해일, 홍수, 산사태 등 각종 자연재해 피해 규모 증가는 심각한 환경 오염과 2차 피해로 이어지기도 한다. 또 식량 생산에도 차질을 가져오고, 곳곳에서 식수를 비롯한 여러 자원 부족에 직면하게 만들어 자원을 사이에 두고 국가와 사회 간의 대립과 갈등을 심화시킨다. 무엇보다도 큰 문제는 동식물의 서식지가 바뀌면서 생물 다양성이 감소하는 등 생태계 전반에 심각한 변화가 발생하는 점이다. 생태계가 무너지면 결국 인간 역시 생존이 불가능하기 때문이다. 빠르게 서식지가 바뀌고 있는 각종 동식물의 이동만으로도 코로나19 같은 '신종' 바이러스에 쉽게 노

출되어 감염병 충격이 더 빈번해질 수 있다. 이처럼 기후 변화
는 단순한 지구 온난화를 넘어 전반적인 지구 환경을 변화시
켜 지구를 거주 불능 상태로 만들고 있다.

탈탄소 경쟁력이 국가 경쟁력이 되는 시대

홍종호

  기후 위기가 심각해지면서 실물 경제*와 금융 시장이 요동치고 있습니다. 자본이 기후를 중심으로 움직이는 것이죠. 국제 무역 질서가 기후 대응 기조에 따라 재편되고 있고, 기관 투자자*들이 기업의 기후 경영을 투자 결정의 최우선 기준으로 삼고 있습니다. 저는 확신을 갖고 예측합니다. 향후 10년 내 탈탄소 무역 질서가 새로운 국제 무역 규범으로 자리 잡을 것이라고. 그 까닭을 글로벌 기업, 국제 금융 시장, 국가 정책의 관점에서 얘기해 보겠습니다. 이 세 가지를 각각 영어 약자인 'RE 100, ESG, CBAM'으로 기억하면 좋습니다.

  먼저 살펴볼 것은 글로벌 기업의 녹색 전환 경영 전략입니

* **실물 경제** 이론이 아닌 실제의 동향으로 나타나는 경제.
* **기관 투자자** 투자를 하는 법인이나 은행, 보험 회사, 증권 회사 등의 단체나 기관.

다. 세계적인 기업들이 전력의 100퍼센트를 재생 에너지로만 공급받겠다는 '아르이(RE) 100' 선언을 했는데요. 여기에 가입한 기업은 재생 에너지로 만든 전기만 써서 공장을 가동하고 사무실을 운영할 것을 약속합니다. 이게 끝이 아닙니다. '아르이(RE) 100'을 주도하는 기업들은 글로벌 공급 사슬로 연결돼 있는 다른 기업들에도 재생 에너지 사용을 요구하고 있습니다. 물건을 납품하려면 재생 에너지로 만든 전기를 사용하라는 것이죠. 앞으로 우리 기업들이 재생 에너지로 만든 전력을 사용하지 않는다면 수출길이 막힐 수도 있다는 뜻입니다.

이유는 분명합니다. 기후 위기에 적극 대처하지 않은 기업은 글로벌 시장에서 외면당할 것이라는 현실 인식 때문입니다. 탄소 배출을 줄이면서 재생 에너지를 활용하는 기후 경영에 전념하는 기업들을 투자자와 소비자들이 환영한다는 사실을 온몸으로 느끼고 있는 것이죠. 기후 리스크를 기업 경영의 핵심 요소로 포함할 때 궁극적으로 시장에서의 경쟁력을 높일 수 있다는 고도의 전략적 판단을 한 것입니다.

두 번째로는 국제 금융 시장이 환경 보전과 사회적 책임과 같은 기업의 비재무적 성과에 주목하고 있습니다. 바로 '이에스지(ESG) 투자'입니다. 'ESG'란 환경(environmental)·사회(social)·지배 구조(governance)를 뜻합니다. 금융 기관이 투자를 결정할 때, 탄소 줄이기에 최선을 다하고, 아동 노동과 같은 사회적 불의에 타협하지 않으며, 투명하고 책임성 있는 경영을 하는 기업에 투자하겠다는 의미입니다. 반대로 그렇지 않은 기업에는 투자하지 않거나, 투자한 자금을 회수하겠다는 것이고요.

국제 금융 시장이 왜 이런 변화를 주도하고 있을까요? 기후 위기에 대한 도덕적 책무 때문일까요? 물론 금융 기관과 기업들이 환경이나 지역 주민에 대한 사회적 책임을 고려했을 수 있습니다. 하지만 더 중요한 것은 수많은 소비자와 투자자의 선호와 가치, 의사 결정 기준이 달라지고 있다는 데 있습니다. 이들은 당면한 기후 위기를 극복하기 위한 경영 혁신에 최선을 다하는 기업, 탈탄소 경쟁력을 기준으로 기업 실적과 성장 가능성을 평가하고 투자하는 금융 기관에 눈을 돌리고 있습니다. 탄소를 많이 배출하는 기업에서는 물건을 사지도 않고 돈을 투자하지도 않겠다는 의지를 실천에 옮기고 있는 것이죠.

마지막으로 제품을 수입할 때 국가 간 탄소 비용의 차이를 조정하겠다는 정책 흐름이 구체화되고 있습니다. 국제 무역 질서 자체를 탈탄소를 기준으로 재정립하겠다는 것인데, 유럽 연합이 주도하고 있는 '탄소국경조정제도(CBAM)'입니다. 유럽 내에서 생산되는 제품에 포함된 탄소 비용과 유럽 밖에서 유럽 연합에 수출하려는 제품에 매겨져 있는 탄소 비용의 차이를 조정하겠다는 의지입니다.

탄소국경조정제도가 도입되면 어떤 일이 일어날까요? 우리나라 철강 산업의 수출 물량 11퍼센트가 유럽 연합을 향하고 있는데, 여기에 탄소국경조정제도가 도입되면 수출에 부정적인 영향을 미칠 가능성이 높습니다. 탄소 비용의 국가 간 차액을 지불해야 하는 만큼 당장 수출 단가가 올라가기 때문이죠. 우리나라가 탄소국경조정제도에 선제적으로 대응하지 않는다면, 이는 기후 문제를 넘어 한국 경제에 충격으로 다가올 수 있습니다. 최근에는 미국, 캐나다, 일본도 탄소국경조정제도를 찬성하거나 도입하려는 움직임을 보이고 있습니다.

선진국들의 기후 위기 대응책을 보니 어떠시나요? 과거에는 기업이 환경 보전 기술과 설비에 투자하면 원가 상승으로 경쟁력을 잃는다고 생각했습니다. 그래서 기업들은 정부의 환경 규제를 매우 못마땅하게 여겼죠. 하지만 기후 변화 시대, 이제는 경제가 돌아가는 근본 원리가 바뀌고 있습니다. 부가 가치나 에너지 소비량 대비 탄소를 얼마나 적게 배출하는가를 측정하는 탈탄소 경쟁력이 기업 경쟁력의 핵심 요소로 떠올랐으니까요. 탈탄소 경쟁력이 곧 산업의 기후 경쟁력이고 이것이 모여 국가 경쟁력을 가늠하는 시대가 된 것입니다.

이제 우리나라로 눈을 돌려 보겠습니다. 한국은 아직 갈 길이 멉니다. 한국 정부가 제대로 대응하지 않는다면 우리나라는 기후 변화에 따른 피해에 더 크게 노출될 뿐만 아니라, 기후 정책에 소극적이라는 비판에 부딪히면서 외교적으로도 고립될 가능성이 있습니다. 무엇보다 'RE 100, ESG, CBAM'의 삼각 파고* 속에 경제가 매우 어려운 상황으로 빠져들게 될 것입니다.

솔직히 말씀드리면 대한민국에는 선택의 여지가 없습니다. 탈탄소 국가를 향해 나아갈 것인가 말 것인가를 선택할 수 있는 상황이 아닙니다. 이미 방향은 정해졌고 여기에 우리나라가 얼마나 기민하게 대처하느냐의 문제만 남은 것이죠. 우리 경제 주체들의 인식과 행동 변화가 필요한 시점입니다.

＊파고 물결의 높이. 어떤 관계에서의 긴장의 정도를 비유적으로 이르는 말.

작품 이해

　셋째 마당에는 날이 갈수록 큰 주목을 받고 있는 '인공 지능'과 '기후 위기'를 중심으로 과학 기술 관련 주제 통합적 읽기를 할 수 있는 글들을 담았습니다. 인공 지능은 기본적으로 컴퓨터 과학 기술의 영역에서 시작했지만 엄청난 발전을 거듭하면서 인문, 예술, 사회 분야에 이르기까지 인간의 삶과 관련된 모든 분야와 연관되어 있습니다.

　인공 지능은 인간의 뇌와 얼마나 유사할까요? 「인간의 뇌와 인공 지능」에서는 신경 세포의 집합인 뇌가 시냅스를 통해 신호를 전달받는 방법에 대해 설명하면서 자주 사용되는 시냅스 연결이 강화되는 것이 기억과 학습의 원리임을 밝히고 있습니다. 그리고 이러한 신경계의 특성을 프로그램으로 구현한 인공 신경망과 이를 통해 학습하는 기계인 인공 지능이 만들어지는 원리를 보여 줍니다. 인간의 뇌가 작동하는 원리를 모방하여 개발되고 있는 인공 지능의 세계, 정말 흥미롭지요?

　인공 지능이 발달하여 인간만큼 뛰어난 로봇이 만들어진다면 반드시 따라올 딜레마가 있습니다. 인공 지능 로봇에게 도덕적 지위를 부여할 수 있느냐의 문제이지요. 「인공 지능 로봇의 도덕적 지위」에서는 인공 지능 로봇의 도덕적 지위에 대한 다양한 입장을 다루고 있습니다. 로봇이 지능, 의식, 고통 감수성을 지니고 있는지 따져 보아야 한다는 입장, 도덕적 지위를 가치 판단의 문제로 보아야 한다는 입장, 인간과 인공 지능 로봇 사이의 상호 작용의 관계를 통해 도덕적 지위를 부여해야 한다는 입장 등을 설명하면서 다가올 미래에 인간과 인공 지능의 새로운 관계 맺기를 준비해야 한다는 견해를 제시합니다.

인공 지능 로봇이 인간의 친구로 등장하는 콘텐츠는 여러 매체를 통해 본 적이 있을 겁니다. 왜 인간은 자꾸 인공 지능 로봇을 친구로 삼는 상상을 할까요? 「인공 지능과 친구가 될 수 있을까」에서는 그 이유를 인류의 뇌에서 찾고 있습니다. 인류의 뇌를 커지게 한 핵심 원인은 바로 친구라고 합니다. 자신이 원하는 바를 이루고 살아남기 위해 많은 친구가 필요했던 인간은 많은 정보를 기억해야 했고, 그 과정에서 뇌가 커질 수밖에 없었다고 하지요. 하지만 모든 친구가 항상 내게 도움을 주는 것은 아닙니다. 그래서 '인공 지능 로봇 친구'라는 상상은 언제나 자신의 요구를 들어주고 행복하게 해 주는 친구를 인공 지능의 힘을 빌려서라도 만들고 싶어 하는 인간의 마음이 반영된 것이라는 흥미로운 이야기를 하고 있습니다.

「예술하는 인공 지능」은 어떤가요? 예술은 창의성의 측면에서 정말 인간만이 할 수 있다고 생각했던 영역인데, 예술하는 인공 지능이 가능할까요? 글쓴이는 창의성의 조건으로 언급되는 우연성은 무작위성이 아니며, 창의성은 데이터베이스의 지식이나 생각을 결합해 재생산한 결과로 그 과정에 우연성이 작용하는 것으로 봅니다. 그리고 인공 지능 역시 사람처럼 데이터를 조합하는 과정에서 창의적으로 보이는 결과물을 만들 수 있다는 점에 주목해야 한다고 말합니다. 그렇다면 인공 지능의 창작물은 예술 작품으로서의 가치를 인정받을 수 있을까요? 여러분의 생각은 어떤가요?

기후 위기는 현상만 놓고 본다면 지구과학의 영역이겠지만, 기후 위기의 원인과 결과는 결국 우리의 삶 전체와 연결됩니다. 더불어 소설과 영화 등에서 그려졌던 기후 위기의 심화는 어느새 우리에게 너무나 가까운 미래이자 현실이 되고 있습니다.

「더워진 지구에서 가장 위험한 것은 무엇일까」에서는 지구 온난화로 인해 극한 기후와 악기상의 증가로 자연재해와 인명 피해가 발생하고, 이는 식량 생산과 자원 부족으로 이어져 국가와 사회 간의 대립과 갈등을 심화시킨다고 이야기합니다. 생태계 전반의 심각한 변화와 감염병의 창궐 등으로 인해 지구는 거주 불능 상태가 되어 가고 있지요. 글쓴이는 이러한 기후 위기의 근본 원인은 인간의 활동에 있으니, 이것을 해결하는 것도 인간의 몫이라면서 획기적인 탈탄소 문명을 새로 만들어 내야 한다고 주장합니다.

하지만 탄소를 줄이는 것은 전 세계적으로 당면한, 급박하면서도 해결하기 쉽지 않은 문제입니다. 탄소를 줄여야 한다는 당위성만 가지고는 변화를 이끌어 내기 어렵지요. 하지만 탈탄소가 경쟁력이 된다면 어떨까요? 「탈탄소 경쟁력이 국가 경쟁력이 되는 시대」에서는 글로벌 기업, 국제 금융 시장, 국가 정책의 관점에서 탈탄소 무역 질서가 새로운 국제 무역 규범으로 자리 잡을 것이라고 이야기합니다. 기후 위기에 적극적으로 대응하지 않는 기업과 국가는 투자자와 소비자로부터 외면받게 될 것이라는 인식을 바탕으로 자본이 기후를 중심으로 움직이기 시작한 것이죠. 경제의 원리가 변화하면서 탈탄소 경쟁력은 기업 경쟁력이자 국가 경쟁력으로 가늠되기 시작했다는 글쓴이의 말은 우리가 어떻게 대응하고 변화해야 할지를 전하고 있습니다.

1. 「예술하는 인공 지능」을 읽고 글쓴이의 주장과 이유, 근거를 써 봅시다.

> · 주장: 자신이 내세우는 의견이나 견해
> · 이유: 근거를 바탕으로 주장을 가능하게 하는 주관적 요인
> · 근거: 주장을 지지하는 객관적인 자료

❶ 주장: 인공 지능의 창작물은 예술작품으로서의 가치를 인정받을 수 있다.

❷ 이유:

❸ 근거:

2. 글쓴이의 주장에 동의할 수 없는 글을 하나 고르고, 아래의 기준을 근거
   로 하여 반론을 해 봅시다.

> - 글쓴이의 주장과 그 이유가 관련성이 있는가
> - 각각의 근거와 이유가 타당한가
> - 근거로 제시한 자료들을 신뢰할 수 있는가

❶ 반론하고자 하는 글:

❷ 글쓴이의 주장:

❸ 나의 주장:

❹ 반론 근거:

슬기로운 엠비티아이(MBTI) 사용법

이
정
희

"저는 자유로운 영혼의 이에스에프피(ESFP)입니다."

'과자 취향으로 알아보는 엠비티아이!'

방송가*와 음식점, 화장품 매장 등 업계를 가리지 않고 여기저기서 알파벳 네 글자가 심심치 않게 들린다. 최근 몇 년 동안 성격 유형을 판단하는 도구인 엠비티아이(MBTI)가 인기를 끌고 있기 때문이다. 인터넷에는 무료 약식 검사지부터 '엠비티아이 유형별 공부법'과 같은 각종 게시글이 쏟아지고 옷, 책 등 엠비티아이를 활용한 마케팅 제품이 연이어 출시되고 있다. 2023년 한 해 동안 국내 한 검색 사이트의 인물 정보 서비스에 가장 많이 등록된 관심사 항목이 엠비티아이일 정도로 사람들의 관심이 끊이지 않고 있다.

* 방송가 방송과 관련된 사람들의 사회.

엠비티아이는 심리학자 카를 구스타프 융의 이론을 토대로 이저벨 마이어스와 캐서린 브리그스가 개발한 성격 유형 검사 도구이다 외향(E)과 내향(I), 감각(S)과 직관(N), 사고(T)와 감정(F), 판단(J)과 인식(P)의 네 가지 척도를 기준으로 하여 개인의 성격 유형을 모두 열여섯 가지로 구분한다. 수십 년 전부터 존재했던 검사가 갑자기 인기를 끌자 2020년 한 지상파 다큐멘터리 방송은 사람들이 엠비티아이에 열광하는 현상에 대해 '세대론'을 근거로 들어 분석했다. 이 방송에서 일반인 출연자는 엠비티아이가 '나'를 알리고 타인을 이해하는 데 유효한 도구라고 말했다. 즉 성적과 실적으로 자신을 증명해 오느라 정작 자신에 대해서는 고민할 시간이 없었던 젊은 세대에게 엠비티아이는 '나'를 찾는 도구가 되었다는 것이다. 실제로 한 설문 조사에서는 응답자의 64.9퍼센트가 엠비티아이 검사를 한 까닭으로 '내 성격이 궁금해서'를 꼽았다.

물론 '나'의 성격을 확인해 주는 도구가 엠비티아이만 있는 건 아니다. 엠비티아이 이전에는 태어난 시각을 근거로 하는 사주, 동양 사상에서 유래된 사상* 체질, 혈액형 성격설 등이 사람들에게 사랑받았다. 사람들이 자신에 대해 궁금해하는 것은 어제오늘의 일이 아니다. 그래서 어떤 전문가들은 코로나19 시기에 인터넷을 활용해 무료로 엠비티아이를 검사하고 그 결

＊ **사상(四象)** 음양의 네 가지 상징인 태양, 태음, 소양, 소음을 통틀어 이르는 말.

과를 사회 관계망 서비스에 손쉽게 공유할 수 있었기 때문에 엠비티아이가 인기를 얻었다고 분석하기도 한다. 즉 타인과의 관계를 통해 자기를 이해할 수 없었던 시기의 사람들에게 엠비티아이는 자신의 성격을 확인해 주는 유용한 거울이었다는 것이다.

이러한 유행을 놓칠 리 없는 방송가도 앞다투어 엠비티아이를 다루는 방송을 내보내기 시작했다. 엠비티아이를 주제로 한 토크 쇼가 등장하고, 각기 다른 성격 유형을 지닌 출연자들에게 특정한 상황을 제시한 뒤 어떤 선택을 할 것인지 묻는 예능 프로그램도 나왔다. 급기야 2023년에는 엠비티아이와 사주 중에서 자신을 설명하기에 어느 쪽이 더 적합한지 알아보는 관찰 실험 다큐멘터리까지 등장했다. 새로운 프로그램을 기획하고 화제성까지 확보할 수 있다 보니 엠비티아이는 각종 방송, 온라인 영상, 개인 방송 등의 단골 소재가 되었다.

그러나 정작 엠비티아이를 만든 마이어스는 "엠비티아이에 대한 결정론적 편향이 장벽처럼 사람과 사람을 갈라놓는다."라고 우려를 표명했다.* 나를 발견하는 기쁨을 느끼고 나와 같은 사람들에게서 동질감과 위안을 얻기도 하지만 다른 유형을 가진 사람에게 편견이 생길 수도 있다는 것이다. 국내 심리학자들도 엠비티아이에 대해 회의적이다. 몇 가지 질문에 본

---

* **표명하다** 의사나 태도를 분명하게 드러내다.

인이 답을 하는 방식으로 결정되는 성격 유형 자체가 심리학적으로 신뢰성이 떨어지며, 우리나라 인구를 유형별로 나누면 한 유형당 부산 인구만큼의 사람들이 있는데 그들을 동일한 정체성으로 재단하기* 어렵다는 것이다.

실제 방송에서는 엠비티아이로 성격을 성급하게 규정하는 모습이 그대로 노출된다. 감정 표현이 서툰 사람을 이해하는 대신 "저 사람은 티(T)라서 그래."라고 규정해 버리거나, 소극적 태도를 보이는 출연자에게 "이(E)답지 않게 왜 이렇게 소심해요?"라고 하며 핀잔을 주는 장면을 자주 볼 수 있다. 한 인기 지상파 방송 예능에서는 '외향형 대 내향형' 특집을 마련해 출연자들을 두 편으로 나누어 대결시키기도 했다.

특정 성격 유형을 웃음의 소재로 삼거나 좋고 나쁨을 가르는 수단으로 엠비티아이를 무분별하게 소비하는 방송, 이대로 괜찮은 것일까? 그렇지 않다. 그저 유행을 반영했을 뿐이라며 가볍게 넘어가기에는 방송이 사회에 미치는 영향력을 무시할 수 없다. 방송은 당대의 유행을 반영할 뿐만 아니라 확대 재생산하는 힘이 있기 때문이다.

앞서 언급한 인기 지상파 방송 예능은 2020년 6월 13일에 처음으로 출연자들이 엠비티아이 검사를 하는 장면을 방영했다. 그 직후인 2020년 6월 셋째 주, 몇몇 검색 사이트에서 '엠비티

---

* **재단하다** 옳고 그름을 가려 결정하다.

아이' 검색량은 정점을 찍었다. 이러한 방송의 파급력을 고려해 상대가 어떤 사람인지 알아 가기도 전에 그를 알파벳 네 개로 판단해 버리는 풍조가 널리 퍼지지 않도록 방송 관계자도 책임감을 가져야 한다. 방송 제작자들은 특정 성격 유형이 웃음의 소재로 쓰이거나 차별의 대상이 되지 않는지, 시청자들에게 특정 성격 유형에 관한 부정적인 시각을 형성하게 하는 것은 아닌지 살펴야 한다.

사람들이 엠비티아이에 과몰입하는 현상의 원인을 방송으로만 돌릴 수는 없다. 시청자 역시 방송 내용을 맹목적으로 받아들여서는 안 된다. 성격 유형 몇 가지로 사람을 규정하는 것은 이해나 공감이 아닌 구분에 지나지 않음을 인식해야 한다.

2020년 엠비티아이가 인기를 끄는 현상에 대해 분석한 지상파 다큐멘터리 방송에서 연예인 출연자는 자신의 엠비티아이와 사주 등을 알아보았다. 그런데 각 전문가들 모두 출연자에 대해 다른 정의를 내렸다. 하지만 출연자는 엠비티아이, 사주 등이 전부 자신에 관해 어느 정도 맞는 이야기를 해 준다고 말했다. 이것은 무슨 상황일까? 엠비티아이로 보면 그는 분위기를 잘 띄우는 사람이지만, 사주로 보면 자신의 신념에 투철한 사람이다. 그렇다면 그것은 모두 틀린 정의일까? 그렇게 단정 짓기는 어렵다. 모두 한 사람이 가진 서로 다른 측면일 뿐이기 때문이다. 이렇듯 엠비티아이는 우리가 가진 성격의 한 면을 보여 줄 뿐이다.

1990년대에 김정택 신부는 자신을 잘 모르거나 사랑하지 못
하면서 주변 사람을 사랑한다는 것은 어려운 일이라고 생각하
여 자기의 특성이나 장점을 먼저 이해할 수 있도록 도와주는
검사 도구인 엠비티아이를 국내에 도입했다고 한다. 엠비티아
이 검사 자체는 틀린 검사도, 나쁜 검사도 아니다. 우리가 알
파벳 네 글자만으로는 설명할 수 없는 다채로운 존재라는 것
을 잊지 않는다면 엠비티아이를 슬기롭게 사용할 수 있을 것
이다.

매체와 소통 문화의 변화

윤여탁 외

인간은 매체를 사용하여 타인과 소통한다. 매체의 변천사를 살펴보면 어떤 매체가 그 시대에 주로 사용되었느냐에 따라 사람들이 소통하는 방식과 문화도 변화해 왔다. 문자가 만들어지기 전의 주된 매체는 구술 매체인 말하기였다. 말하기를 통한 소통은 화자와 청자가 직접 대면하여 상황과 맥락을 공유한다는 특성이 있다. 이러한 말하기의 특성상 다른 시간대와 다른 공간의 사람과는 소통이 어려웠다. 그로 인해 지식과 정보의 기록, 보존, 유통이 제대로 이루어지지 않았다. 내용이 구전되어 전해지는 경우도 있지만, 이를 온전히 전하는 데는 한계가 있었다.

구술 매체의 한계를 극복할 수 있게 해 준 것이 문자 매체이다. 편지, 문서, 책 등의 문자 매체는 쓰기와 읽기를 중심으로 이루어지는 소통 문화를 형성하며 구술 매체의 시공간적 한계를 극복할 수 있게 해 주었다. 문자로 지식을 기록하고 보존할 수 있게 됨으로써 글쓴이와 독자 간의 시공간적 제약을 초월할 수 있게 된 것이다. 말하기 상황과 달리 쓰기와 읽기에서는 시공간적 상황을 공유하지 않기 때문에 글쓴이와 독자가 분리된 탈상황적·탈맥락적 소통이 이루어지게 된다. 인쇄술의 발달로 책이 대량으로 유통되면서 쓰기와 읽기를 중심으로 하는 소통 방식이 더욱 발달하였다. 이로써 지식과 정보의 기록, 축적, 유통이 수월해졌으며, 지식의 대중화를 이루게 되었다.

문자 매체 이후 영화나 텔레비전 등의 영상 매체가 등장하면서 이전과 다른 소통 방식을 사용하게 되었다. 글 중심의 문자 매체는 글을 읽고 이해하는 능력에 따라 내용의 이해 정도에 차이가 발생하지만 시청각 이미지 중심의 영상 매체는 보편적으로 내용을 쉽게 이해할 수 있다. 또한 영상 매체는 다수의 수용자가 동시에 정보를 수용할 수 있는 대중 매체의 특징을 지니고 있다. 이에 따라 다수가 특정 정보를 공유하고 그에 대해 소통하는 문화가 나타났고, 영상 매체가 대중에게 미치는 영향력도 매우 커졌다.

구술 매체, 문자 매체, 영상 매체의 특성을 복합적으로 지니고 있는 디지털 매체에 이르면서 소통 방식은 큰 변화를 보이게 되었다. 디지털 매체는 복합 양식성, 하이퍼텍스트, 상호 작용성 등의 특징이 두드러진다. 복합 양식성은 음성 문자, 그림, 동영상 등이 혼합되어 나타나는 것이다. 이에 따라 복합 양식의 글이나 자료를 수용하고 생산하는 새로운 소통 방식이 필요하게 되었다. 하이퍼텍스트는 이용자가 다른 문서나 정보로 바로 이동할 수 있도록 제공되는 텍스트다. 디지털 매체의 이용자는 하이퍼텍스트를 이용하여 다양한 자료를 손쉽게 넘나들며 자신이 원하는 정보를 얻을 수 있게 되었다. 그리고 상호 작용성은 이용자가 지식과 정보의 소비자이면서 생산자 역할을 겸할 수 있음을 의미한다. 디지털 매체는 생산자로부터 수용자에게 일방적으로 정보가 전달되는 기존의 대중 매체와는 소통 방식이 다르다. 디지털 매체의 이용자들은 정보를 능동적으로 선택하고 해석함으로써 적극적으로 문화를 생산하고 창조할 수 있는 주체가 되고 있다.

무선 인터넷의 사용과 스마트폰의 활용이 보편화되며 디지털 매체의 소통 방식은 더욱 다양해지고 있다. 인터넷은 일상에서 타인과 소통하는 통로로 자리 잡았다. 사람들은 인터넷으로 여러 가지 정보를 검색하고 공유하며, 다른 사람들과 수평적인 관계에서 쌍방향으로 소통한다. 특히 사회 관계망 서비스(SNS)의 활용을 통해 이용자 간의 자유로운 의사소통과 정보의 공유가 수월해졌고 인맥 확대를 통해 새로운 사회적 관계를 맺기도 한다. 또한 1인 미디어 방송의 확대로 기존 영상 매체 환경에 비해 폭넓은 콘텐츠를 직접 생산하거나 소비할 수 있게 되었다. 이러한 디지털 매체에서는 댓글과 실시간 대화를 통해 시공간의 제약을 받지 않고 쌍방향으로 소통

한다.

　새로운 매체는 새로운 문화를 만들며, 새로운 언어를 창조한다. 소통 기술의 변화는 소통 문화의 발전으로 이어지며, 발전된 소통의 문화는 다시 기술의 진화를 요구한다. 현대 사회는 디지털 매체 환경으로 급속히 변화해 왔으며, 이 흐름은 앞으로도 계속될 것이다. 이러한 때에 매체 소통 문화를 이해하고 성찰하는 것은 그 변화를 올바른 방향으로 이끌어 나가기 위해 매우 중요하다.

사회 참여와 인터넷 문화*

김
수
아

공개적으로 지식을 구성하는 데, 그리고 사회를 변화시키는
데 있어 인터넷은 개방성과 접근성이 높은 수단입니다. 어느
때보다도 편리하고 많은 사람이 이용하고 있지요. 이러한 환
경에서는 상대적으로 사회 운동을 하는 것이 어렵게 느껴지지
않지요. 또 그래서 가볍고 의미가 적은 참여라는 비판도 나옵
니다. 그렇지만 많은 사람이 소셜 네트워크를 통해 연결되고,
늘 온라인에 접속한 상태로 살아가는 상황에서 해시태그 운동
은 중요한 기회입니다. 더 많은 사람이 같은 의제에 대해 말하
고 토론하고 의사 결정에 참여할 수 있기 때문입니다.

위키피디아에 좀 더 좋은 정보를 제공하기 위해 토론에 참

---

* 이 글은 『안전하게 로그아웃』(창비 2021)의 6부에 수록된 「해시태그로 세상을 바꾸기」의 일부
이다.

여하는 것은 소규모의 지식인들이 구성하고 편찬하는 지식 외에 다양한 세상의 정보들을 모으고 전수하는 일이 될 수 있습니다. 그렇기 때문에 디지털 미디어 시대에는 일반 사람들의 참여가 긍정적인 역할을 합니다.

다만 주의해야 할 점은 있습니다. 지식을 공유하고 토론하는 바로 그 공간에 정말로 누구나 참여할 수 있는지, 특정한 내용에서 편향이나 왜곡, 비하나 차별의 표현은 없는지, 특정한 운동에 참여하는 방식을 축소하거나 한정하면서 타인의 권리를 침해하거나 비난하지 않는지 등을 끊임없이 성찰해야 합니다.

온라인 문화는 그저 온라인에서만 존재하는 것일 뿐이라고 말하는 사람들도 있습니다. 그러나 우리는 과거에 비해 네트워크에 깊숙이 연결되어 있습니다. 일상과 온라인이 연결되어 있는 소셜 미디어에서 우리는 다양한 정체성을 구성하여 살아갑니다. 많은 오락거리, 정보와 지식, 사람들을 온라인을 통해서 만납니다. 더 많은 연결을 통해 사회의 의미가 확장되고 있습니다. 온라인상의 이타적 참여 또한 늘어나고 있다고 합니다. 명백한 대가를 바라지 않으면서도 사회적 대의를 위해 참여하는 사람이 더 많아진 것이지요. 물론 이는 온라인상의 참여가 상대적으로 쉬운 영향도 있습니다. 해시태그를 한 번 리트윗하는 것은 오프라인에서 피켓을 드는 일보다는 쉽습니다. 하지만 앞서 많은 사례를 통해 이야기한 것처럼 이러한 가벼운 참여들은 사회를 바꾸는 목소리가 된다는 점에서 중요합니다.

랜선으로 연결된 디지털 사회에서 우리는 시민으로 존재합니다. 정보를 축적하고 서로 의견을 나누고 사회를 좋게 만들기 위해 협업하는 사람이 시민이라면, 집단 지성의 의미를 살려 정보 공유 활동을 하고 있는 우리, 그리고 해시태그를 통해 사회에 대한 의견을 표명하는 우리는 시민 활동을 하고 있는 셈입니다. 이 사회를 더 좋게 만들려면 무엇이 필요한지를 끊임없이 고민하는 것은 '디지털 공간의 시민'인 우리가 짊어진 중요한 책임입니다.

가짜를 판별하는 능력 기르기

조
병
영

　모든 일이 그렇듯이 디지털 환경에도 양면이 있습니다. 새로운 배움의 가능성과 정보를 알아 가는 기회의 이면에는 디지털 독자라면 누구나 직면하게 되는, 전례 없는 도전들이 도사리고 있습니다. 이 도전들은 다음과 같은 환경적 특징 때문에 생겨납니다.

　첫째, 디지털은 '검증되지 않은 공간(untested space)'입니다. 대표적 오프라인 정보 창고인 도서관과 비교해 봅니다. 도서관은 최고는 아니어도 이른바 '작가'라 불리는 사람들이 쓴 책을 선호합니다. 대부분의 인쇄 서적들은 사업 인가를 받은 출판사가 기획하고 발행합니다. 베스트셀러와 스테디셀러는 열렬한 대중 독자들이 선택합니다. 판매량에 상관없이 주옥같은 책들은 사서들이 열심히 찾아냅니다. 오프라인에는 전문가들이 도서를 검토, 평가, 선택하는 일련의 필터링 절차가 존재합니다.

　반면에 디지털 환경에서는 누구나 무엇이든 내키는 대로 표현하고 드러낼 수 있습니다. 디지털 키보드와 카메라, 노트패드나 녹음 애플리케이션으로 무엇이든 손쉽게 정보의 형태로 제작할 수 있습니다. 정돈된 메시지를 정교하게 디자인하여 공유하는 이들도 많지만, 대개는 다양한 플랫폼들을 통해서 속전속결로 자신이 생산한 것들을 게재합니다. 디지털 환경에서는 텍스트의 생산과 소비 사이에 출판, 검토, 비평, 선정이라는 중간 과정이 흔히 생략됩니다. 도서관에는 책을 안내하는 사서가, 학교에는 공부를 안내하는 교사가, 옷가게에는 쇼핑을 안내하는 점원이 있지만, 대체로 인터넷에는 전문적 중재자 없이 정보의 생산이 곧바로 소비로 이어집니다.

　둘째, 인터넷은 '확정되지 않은 공간(uncertain space)'입니다. 검증되지 않은 정보들이 넘쳐 나기 때문에 어떤 정보가 사실이고 거짓인지를 분명하게 판단하기가 쉽지 않습니다. 도서관에 가는 사람 중 저질의 도서나 나쁜 책을 고를까 봐 염려하는 사람은 거의 없습니다. 유익하고 좋은 책을 찾고 싶은 독자들은 작가의 명성, 출판사의 신뢰, 목차의 구성, 디자인의 감수성 등을 두루 보고 판단합니다. 조금만 찾아보면 서점, 출판사, 기관에서 선정한 추천 도서 목록들이 널려 있고, 그래도 판단이 서지 않으면 주변의 친한 책벌레들에게 물어보면 됩니다. 반면 인터넷에는 정보의 신뢰성과 진위를 판단할 수 있는 단서가 충분치 않습니다. 혹여 있어도 찾는 일이 수월하지 않거나, 어렵게 찾아도 쓸 만한 것인지 파악하기 쉽지 않습니다. 고의로 출처를 숨기거나 속이는 사람들도 허다해 정보와 사실, 지식과 앎에 관하여 분명한 판단을 내리기가 막막합니다. 어두운 시골길을 헤드라이트 없이 운전하는 기분입니다.

가짜 앞에서 흔들리다

여러분들을 위해 웹사이트를 하나 가져왔습니다. '멸종 위기에 처한 태평양 북서부 연안 지역의 나무문어(tree octopus)를 구하자'라는 사이트입니다. 이 웹사이트 대문에 담긴 글과 이미지를 확인하면서 이 사이트가 무엇에 관하여 어떤 정보를 제공하고 있는지, 유익하고 믿을 만한 자료들을 담고 있는지 살펴보십시오.

여러분은 나무문어 사이트를 보고 읽는 동안 무슨 생각을 했고 어떤 질문을 했습니까? 고백건대, 이 웹사이트는 가짜입니다. 일부러 사람들을 속이려고 만든 자료입니다. 그런데 한 연구에 의하면 이 사이트를 읽은 중학생들의 대다수는 그 진위를 전혀 의심하지 않았다고 합니다. 웹사이트의 내용을 적극적으로 이해하려고 상당한 시간을 할애했지만, 정작 해당 사이트의 사실 여부는 의심하지 않았습니다. 사이트가 뭔가 잘못된 것일 수도 있다는 생각을 아예 하지 못했기 때문입니다. 그렇다면 여러분은 어떻게 읽었습니까? 중학생처럼 읽었

'나무문어를 구하자' 웹사이트(zapatopi.net_treeoctopus)

다고 해도 부끄러워할 필요는 없습니다. 금전 사기를 당하지 않은 것만으로도 다행입니다.

어른들은 이 사이트를 어떻게 읽을까 궁금해진 저는 같은 사이트를 제가 가르쳤던 한국과 미국의 대학생들에게 보여 주었습니다. 처음에는 학생 대부분이 시큰둥했습니다. '이게 뭐야? 날 뭘로 보고!'라고 생각했을 것입니다. 그런데 사이트를 보면 볼수록 점점 빠져드는 학생들의 모습이 보였습니다. 수업 시간에 담당 교수가 요청한 일이니 뭔가 이상하지만 그래도 끝까지 읽어 보려고 노력했을 것입니다. "자, 누가 이 사이트에 대해서 이야기해 줄 사람?"이라고 물었더니 대부분이 이렇게 말했습니다. "이 사이트는 조금 이상해 보여요!" 아무래도 대학생들이 중학생들보다는 낫습니다. 왜 그렇게 생각하는지 물으니 저마다 근거를 들었는데, 몇 가지로 추려 보면 다음과 같습니다.

- 주소가 '닷넷(.net)'으로 끝난다. 닷넷이나 닷컴(.com)은 개인적·상업적 사이트일 가능성이 높다. .edu(.ac.kr), .gov(.go.kr), .org와 같이 정부 기관이나 대학 같은 공공 사이트에 비하면 뭔가 유무형의 이득을 취하려고 운영하는 사이트처럼 보여 믿기 어렵다.
- 디자인이 세련되지 못하다. 색감이 촌스럽고 레이아웃도 조악하다. 폰트 크기가 작고 줄 간격이 촘촘해서 글 정보도 눈에 잘 들어오지 않는다. 일반 대중이 볼 것이라고 생각하고 전문적으로 제작된 사이트 같지 않다.
- 영상 자료들이 링크되어 있는데 공신력을 확신하기 어려운 것들이다. 사이트 본문에 논문이나 학술서 같은 믿을 만한 인용 자료가 없어서 정보의 출처와 전문성도 확인하기 어렵다.

여러분도 그렇게 생각했습니까? 그렇다면 비판적 독자입니다. 사이트의 디자인, 정보의 출처, 사이트의 주체에 대해서 검토하려는 태도가 신중해서 좋습니다. 자신의 판단에 대한 근거를 찾아 조목조목 설명한 점도 눈에 띕니다. 이 정도면 웹사이트가 진짜인지 확인하고 싶어질 것이고, 구글에 검색하면 이 사이트가 가짜라는 제보들을 금방 확인할 수 있습니다. 좋은 출발입니다. 그런데 저라면 이에 더하여 다음과 같은 바보 같은 질문들도 해 볼 것 같습니다.

- 문어가 나무에 사는가?
- 문어의 서식지는 어디인가?
- 나는 문어에 대해서 얼마나 알고 있는가?
- 문어에 대한 나의 지식은 믿을 만한가?

생각해 봅시다. 지금 우리가 읽고 있는 디지털 자료는 '나무문어'에 관한 것입니다. 그런데 이 지구상에 정말 나무문어라는 동물이 존재합니까? 혹시 이 질문을 들었을 때 "그런가?" 하며 여러분의 동공이 주체할 수 없을 정도로 요동쳤습니까? 문어는 바다, 그러니까 물에서 살아야 하는데, 문어 같은 것들이 산에 사는지, 그래서 산낙지입니까? 바위에 붙어사는지, 그래서 돌문어입니까? 나무 위에 엎드려 사는지에 관한 여러분의 상식이 정말 확고했습니까? 문어가 당연히 물에 산다는 걸 알아도 좀처럼 갈피를 잡지 못하는 여러분의 마음은 이 사이트 때문입니까, 여러분 자신 때문입니까, 아니면 나무문어 때문입니까?

웃자고 한 활동이지만, 마냥 웃고 지나치기엔 씁쓸합니다.

나무문어라는 바보 같은 이야기를 선뜻 사실로 받아들이려 했던 것이 썩 마음에 들지 않기 때문입니다. 이 사이트를 보면서 여러분도 스스로에게 이것저것 질문했을 것입니다. 나무문어에 대하여 이렇게까지 심각해지는 상황이 낯설고 어색해서 조금 더 해 보려다 멈추었을지도 모릅니다. 너무 당연한 질문, 답이 있어 보이는 질문이라고 무시했거나 아주 상식적인 것들을 공연히 따져 묻는 것 같아서 주저했을지도 모릅니다.

읽기는 독자와 텍스트의 상호 작용입니다. 텍스트는 독자를 자극하고, 이런 자극에 어떻게 대응할지를 판단하는 것은 전적으로 독자의 몫입니다. 그런데 그 근거를 어디에 두어야 하는지를 판단하는 일이 쉽지 않습니다. 나무문어 웹사이트가 진실인지 거짓인지, 믿을 만한 것인지 아닌지, 과학적으로 그럴듯한지 사기인지를 판단하는 일차적인 근거는 여러분이 이미 가지고 있는 지식입니다. 어떤 것에 대하여 정교하면서도 통일된 형태의 '선행 지식(prior knowledge)'*을 얼마나 가지고 있는지가 여러분이 정보를 정확하게 이해하고 판단하는 과정에 직접적인 영향을 미칩니다. 수중 동물인 문어에 관한 지식이 확고하다면, 그럴듯한 나무문어를 봐도 "이건 가짜야!"라고 자신 있게 말할 수 있듯이 말입니다.

---

* **선행 지식** 이미 학습한 사실이나 과거의 경험으로부터 지니게 된 개념 구조 또는 기본 틀.

작품 이해

지난 몇 년 전부터 우리나라에서 큰 화제가 되고 있는 단어 중 하나는 '문해력'입니다. 디지털 매체들이 발달하면서 문해력은 글을 읽고 이해하는 능력뿐만 아니라 다양한 매체에 대한 사실적·추론적·비판적·창의적 읽기 능력까지 의미하는 광범위한 개념으로 논의되고 있습니다. 넷째 마당에는 그러한 매체를 대하는 방법에 대한 여러 글이 모여 있습니다.

여러분은 엠비티아이(MBTI) 검사를 해 보거나 들어 본 적이 있나요? 각종 매체에서 수도 없이 소비되고 있는 엠비티아이 콘텐츠를 보며 여러분은 어떤 생각이 들었나요? 「슬기로운 엠비티아이 사용법」에서는 엠비티아이를 무분별하게 소비하는 방송에 대해 비판하고 방송의 책임감을 강조하고 있습니다. 방송을 통해 특정 성격 유형이 웃음의 소재 혹은 차별의 대상이 되거나 부정적인 시각을 형성할 수 있고, 방송은 단순히 유행을 반영할 뿐만 아니라 확대 재생산할 수 있기 때문이지요. 하지만 글쓴이는 이러한 엠비티아이 과몰입 현상의 또 다른 원인으로 이를 맹목적으로 받아들이는 시청자들의 태도를 꼽고 있습니다. 그렇다면 우리는 이러한 매체를 어떻게 받아들여야 할까요?

인간은 타인과 소통하기 위해 다양한 매체를 활용합니다. 말하기를 통한 구술 매체를 비롯해서 문자의 발명 이후로는 문자 매체, 시청각 이미지 중심의 영상 매체, 복합 양식의 디지털 매체에 이르기까지 인간의 삶에서 매체는 꾸준히 변화해 왔습니다. 「매체와 소통 문화의 변화」에서는 이러한 매체의 변화가 소통 문화에 영향을 미친다고 이야기합니다. 특히 디지털 매체는 복합 양식성, 하이퍼텍스트, 상호 작용성이라는 특징과 무선 인터넷, 스마트폰의 사용으로 더욱 다양한 소통 방식이 가능해졌습니다. 이용자가 생산자이자 소비자이고 수평적 관계에서 쌍방향 소통이 이루어지지요. 각각의 매체가 가진 특징이 우리의 소통 문화에 어떻게 영향을 미치게 되었는지 생각해 보는 것은 매체 사용을 바르게 하기 위해 꼭 필요한 과정입니다.

디지털 시대에는 디지털 매체가 만든 문화 속에서 더 나은 사회를 만들기 위해 힘을 보탤 수 있습니다. 사회 참여의 한 방법으로 사회 관계망 서비스(SNS)를 활용할 수도 있지요. 「사회 참여와 인터넷 문화」에서는 이러한 온라인에서의 사회 참여가 사회를 바꾸는 목소리가 된다는 점을 강조합니다. 그리고 더 나은 사회를 위해 고민하는 것이 디지털 공간의 시민인 우리의 책임이라고 이야기합니다. 여러분은 어떤 의견을 내는 목소리를 만들고 싶나요?

「가짜를 판별하는 능력 기르기」에서는 독자들에게 '나무문어를 구하자'라는 웹사이트를 소개하며 정보와 자료를 살펴보게 하지요. 하지만 이 사이트는 사람들을 속이기 위해 만든 가짜입니다. 글쓴이는 이러한 웹사이트를 만났을 때 비판적 독자로서의 태도를 강조합니다. 예를 들어 사이트의 디자인, 정보의 출처, 주제 등에 대해 면밀히 검토해 보는 것이지요. 그리고 텍스트를 만났을 때 독자로서 이를 판단하는 과정에는 우리가 이미 가지고 있는 정교하고 통일된 형태의 선행 지식이 직접적인 큰 영향을 미친다고 이야기합니다.

사람들 간의 소통을 돕는 매체는 우리 삶에 깊숙이 자리하고 있습니다. 수많은 정보 속에서 가짜를 구분하고 나아가 사회 참여의 발걸음을 내딛기까지 매체를 이해하는 능력이 중요하고 그만큼 우리의 삶은 달라질 수 있습니다.

1. 각 글에서 다루고 있는 매체를 < 보기 >에서 찾고, 글에서 설명하는 해당 매체의 특성과 유의점을 정리해 봅시다.

> 보기 ▶ 　방송　　소셜 미디어　　디지털 자료

❶ 「슬기로운 엠비티아이 사용법」

매체:

특성:

유의점:

❷ 「사회 참여와 인터넷 문화」

매체:

특성:

유의점:

❸ 「가짜를 판별하는 능력 기르기」

매체:

특성:

유의점:

2. 인터넷에서 자신이 관심 있는 분야의 키워드로 뉴스 기사를 검색해 보고, 다음의 기준에 따라 그 기사를 비판적으로 읽어 봅시다.

> · 글에서 제시하는 주장과 근거가 타당한가?
> · 신뢰할 수 있는 출처인가?
> · 주장이 한쪽으로 치우치지 않았는가?
> · 자료가 왜곡되지 않고 적절하게 제시되었는가?

문해력 키우기

1. 문맥상 밑줄 친 부분과 바꿔 쓰기에 적절한 단어에 ○ 표시를 해 보
세요.

이런 가설을 바탕으로 할 때 인간이 친구를 필요로 한 이유는 자신을 <u>지키고</u>, 자신이 원하는 바를 이루기 위해서라고 할 수 있습니다. 「인공 지능과 친구가 될 수 있을까」	고수(固守)하다 수호(守護)하다
아세틸콜린이 시냅스를 거쳐 다른 신경 세포에 도착하면 그쪽 신경 세포에 다시 전기 신호가 <u>만들어진다.</u> 「인간의 뇌와 인공 지능」	생성(生成)되다 달성(達成)되다
부가 가치나 에너지 소비량 대비 탄소를 얼마나 적게 배출하는가를 측정하는 탈탄소 경쟁력이 기업 경쟁력의 핵심 요소로 <u>떠올랐으니까요.</u> 「탈탄소 경쟁력이 국가 경쟁력이 되는 시대」	부상(浮上)하다 향상(向上)하다
각기 다른 성격 유형을 지닌 출연자들에게 특정한 상황을 제시한 뒤 어떤 선택을 할 것인지 묻는 예능 프로그램도 <u>나왔다.</u> 「슬기로운 엠비티아이 사용법」	등장(登場)하다 출연(出演)하다
그러나 비판적 사고력과 독립적 판단 능력은 현대에 와서 그 중요성이 더욱 <u>커지고</u> 있다. 「어느 시대에든 인문학은 필요하다」	증대(增大)되다 증설(增設)되다
심리학자 안데르스 에릭손이 1993년 발표한 논문에서 설명한 법칙으로, 하루에 3시간씩 10년을 꾸준히 노력해야 전문가의 경지에 <u>이를</u> 수 있다는 이야기 말입니다. 「10년 후, 다시 부끄럽기를」	도달(到達)하다 당도(當到)하다
이런 일들이 반복되는 한, 우리는 아직 그 다양성을 <u>받아들일</u> 준비가 되었다고 할 수 없다. 「언어의 높이뛰기」	수용(受容)하다 허용(許容)하다

2. 다음에 제시하는 영화를 2부에 실린 글과 연결 지어 감상해 봅시다.

영화 「그녀」 (*Her*, 2019)	이 영화의 주인공은 사랑하는 사람에게 편지를 대신 써 주는 대필 작가입니다. 그러나 정작 주인공은 아내와 별거 중으로 외롭고 공허하게 살아가고 있습니다. 어느 날, 스스로 사고하고 감정까지 느끼는 인공 지능 운영 체제 '서맨사'를 만나 서서히 상처를 회복하고 행복해하지만 서맨사가 자신을 포함하여 수백 명의 사람들과 사랑의 감정을 공유하며 계속해서 업그레이드되고 있다는 사실을 알고 괴로워합니다. 이 영화는 인간과 인공 지능의 관계에 대해 생각할 거리를 제공합니다.
영화 「원더랜드」 (2024)	이 영화는 죽은 사람을 인공 지능으로 복원하는 '원더랜드' 서비스가 일상이 된 미래 사회를 배경으로 하고 있습니다. 어린 딸에게 자신의 죽음을 숨기기 위해 원더랜드에 서비스를 의뢰한 엄마, 사고로 식물인간 상태가 된 남자 친구를 원더랜드에서 복원하여 일상을 나누는 여자, 원더랜드 시스템의 개발자와 직원 등이 극을 구성하는 등장인물입니다. 여러 인물이 겪는 이야기가 중첩되는 구성을 통해 인공 지능과 함께 사는 세상, 감정을 교류하는 대상이 인공 지능으로 확장되는 세상에 대해 생각해 보게 됩니다. 또 발전한 과학 기술을 이용해 이별의 고통을 유예하는 것이 과연 인간에게 이로운지도 생각해 보게 됩니다.

❶ 2부에 실린 「인공 지능과 친구가 될 수 있을까」와 영화 「그녀」, 「원더랜드」를 연결하여 읽고, 인공 지능과 소통하며 감정을 교류하는 사회의 모습은 어떨지 자유롭게 상상하여 적어 봅시다.

❷ 영화 「그녀」의 주인공에게 '서맨사'가 참된 친구가 될 수 있는지 2부에 실린 글의 내용을 근거로 하여 자신의 주장을 펼쳐 봅시다.

작가 소개

고봉준 문학평론가. 2000년 서울신문 신춘문예로 등단. 지은 책으로 『반대자의 윤리』『모더니티의 이면』『다른 목소리들』『유령들』『비인칭적인 것』『문학 이후의 문학』『근대시의 이념들』 등이 있음.

공선옥 소설가. 전남 곡성에서 태어나 1991년 『창작과비평』을 통해 작품 활동 시작. 소설집 『피어라 수선화』『멋진 한세상』『명랑한 밤길』『나는 죽지 않겠다』『은주의 영화』, 장편소설 『내가 가장 예뻤을 때』『영란』『꽃 같은 시절』『그 노래는 어디서 왔을까』, 산문집 『자운영 꽃밭에서 나는 울었네』『그 밥은 어디서 왔을까』 등이 있음.

김금희 소설가. 2009년 한국일보 신춘문예로 등단. 소설집 『센티멘털도 하루 이틀』『너무 한낮의 연애』『오직 한 사람의 차지』『우리는 페퍼로니에서 왔어』, 장편소설 『경애의 마음』『복자에게』『대온실 수리 보고서』, 산문집 『사랑 밖의 모든 말들』『식물적 낙관』 등이 있음.

김대식 뇌과학자, 카이스트 전자및전기공학과 교수. 지은 책으로 『내 머릿속에선 무슨 일이 벌어지고 있을까』『김대식의 빅퀘스천』『이상한 나라의 뇌과학』『인간을 읽어내는 과학』『4차 산업혁명에서 살아남기』『챗GPT에게 묻는 인류의 미래』 등이 있음.

김민섭 작가. 형편이 어려운 청소년의 해외여행을 지원하는 활동을 하고 있음. 지은 책으로 『나는 지방대 시간강사다』『대리사회』『고백, 손짓, 연결』『당신이 잘되면 좋겠습니다』 등이 있음.

김상욱 물리학자, 경희대 물리학과 교수. 지은 책으로 『김상욱의 과학공부』『김상욱의 양자 공부』『떨림과 울림』『하늘과 바람과 별과 인간』 등이 있음.

김수아 언론정보학자, 여성학자, 서울대 여성학 협동과정 전임교수. 지은 책으로 『페미니즘 교실』『모두를 위한 성평등 공부』『차별과 혐오를 넘어서』『디지털 시대의 페미니즘』(이상 공저), 『안전하게 로그아웃』 등이 있음.

나희덕 시인. 1989년 중앙일보 신춘문예로 등단. 시집 『뿌리에게』『그 말이 잎을 물들였다』『그곳이 멀지 않다』『어두워진다는 것』『사라진 손바닥』『야생 사과』『말들이 돌아오는 시간』『가능주의자』, 산문집 『반통의 물』『저 불빛들을 기억해』『한 걸음씩 걸어서 거기 도착하려네』『예술의 주름들』 등이 있음.

남성현 해양·기후 과학자, 서울대 지구환경과학부 교수. 지은 책으로 '푸른행성지구' 시리즈, 『위기의 지구, 물러설 곳 없는 인간』『2도가 오르기 전에』『남극에 '운명의 날 빙하'가 있다고?』『반드시 다가올 미래』『천재지변에서 살아남는 법』『청소년을 위한 기후변화 에세이』 등이 있음.

박완서 1931~2011 소설가. 1970년 『여성동아』 장편소설 공모로 등단. 소설집 『부끄러움을 가르칩니다』『배반의 여름』『엄마의 말뚝』『너무도 쓸쓸한 당신』, 장편소설 『나목(裸木)』『그해 겨울은 따뜻했네』『그대 아직도 꿈꾸고 있는가』『그 많던 싱아는 누가 다 먹었을까』『아주 오래된 농담』, 산문집 『꼴찌에게 보내는 갈채』『어른노릇 사람노릇』『한 길 사람 속』『두부』『못 가본 길이 더 아름답다』 등이 있음.

박준 시인. 2008년 『실천문학』으로 등단. 시집 『당신의 이름을 지어다가 며칠은 먹었다』『우리가 함께 장마를 볼 수도 있겠습니다』, 산문집 『운다고 달라지는 일은 아무것도 없겠지만』『계절 산문』 등이 있음.

박찬국 철학자, 서울대 철학과 교수. 지은 책으로 『현대철학의 거장들』『들길의 사상가, 하이데거』『사는 게 힘드냐고 니체가 물었다』『삶은 왜 짐이 되는가』『이런 철학은 처음이야』 등이 있음.

송길영 기업인, 빅데이터 전문가. 지은 책으로 『여기에 당신의 욕망이 보인다』『상상하지 말라』『그냥 하지 말라』『시대예보: 핵개인의 시대』『시대예보: 호명사회』 등이 있음.

신상규 철학자, 이화여대 이화인문과학원 교수. 지은 책으로 『포스트휴먼이 몰려온다』『포스트휴먼으로 살아가기』『인공지능 시대의 철학자들』(이상 공저), 『호모사피엔스의 미래』 등이 있음.

신지영 언어학자, 고려대 국어국문학과 교수. 지은 책으로 『한국어의 말소리』『언어의 줄다리기』『언어의 높이뛰기』『신지영 교수의 언어감수성 수업』 등이 있음.

윤여탁 국어교육학자, 서울대 국어교육과 명예교수. 지은 책으로『한국현대문학의 이해』『리얼리즘의 시 정신과 시 교육』『국어교육 100년사』(전2권),『매체언어와 국어교육』(공저)『그대 시를 사랑하리』(공저) 등이 있음.

이동진 영화평론가, 방송인. 조선일보 기자, 씨네21 영화평론가로 활동했음. 지은 책으로『필름 속을 걷다』『밤은 책이다』『닥치는 대로 끌리는 대로 오직 재미있게 이동진 독서법』『영화는 두 번 시작된다』등이 있음.

이슬아 작가. 산문집『일간 이슬아 수필집』『나는 울 때마다 엄마 얼굴이 된다』『심신 단련』『부지런한 사랑』『날씨와 얼굴』『끝내주는 인생』, 인터뷰집『깨끗한 존경』『창작과 농담』『새 마음으로』, 장편소설『가녀장의 시대』등이 있음.

이정희 독서·논술 지도사, 미디어 비평가. 지은 책으로『전지적 그림책 시점』(공저)이 있음.

이태준 1904~1970? 소설가. 1904년 강원도 철원에서 태어나 휘문고보를 거쳐 일본 조치 대학에서 공부함. 1925년『시대일보』를 통해 작품 활동 시작. 구인회 회원으로 활동하고 해방 직후 조선문학가동맹에 가담했다가 월북함. 주요 작품으로「달밤」「까마귀」「복덕방」「패강랭」「농군」등이 있으며, 수필집『무서록』을 펴냄.

이호준 언론인, 시인, 여행 작가. 서울신문 기자, 논설위원 등을 지냄. 시집『티그리스강에는 샤가 산다』『사는 거, 그깟』, 산문집『사라져가는 것들 잊혀져가는 것들』(전2권)『세상에서 가장 따뜻한 안부』『자작나무 숲으로 간 당신에게』『나를 치유하는 여행』등이 있음.

장대익 과학철학자, 진화생물학자. 지은 책으로『다윈의 식탁』『인간에 대하여 과학이 말해준 것들』『다윈의 서재』『다윈의 정원』『공감의 반경』등이 있고,『통섭』(공역)『침팬지 폴리틱스』(공역)『종의 기원』등의 책을 우리말로 옮겼다.

장은수 출판인, 작가. 민음사 대표이사 역임. 지은 책으로『출판의 미래』『같이 읽고 함께 살다』『여기서 끝나야 시작되는 여행인지 몰라』(공저)『포스트 챗GPT』(공저) 등이 있음.

정약용 1762~1836 조선 후기의 실학자, 사상가, 시인. 호는 다산(茶山). 조선 순조 때 천주교 박해 사건에 연루되어 40세 때부터 18년 동안 전라도 강진에서 유배 생활을 함. 지은 책으로『목민심서』『경세유표』『흠흠신서』등이 있음.

정여울 작가, 문학평론가. 지은 책으로『정여울의 문학 멘토링』『그때 알았더라면 좋았을 것들』『늘 괜찮다 말하는 당신에게』『내성적인 여행자』『나를 돌보지 않는 나에게』『문학이 필요한 시간』『여행의 쓸모』『오직 나를 위한 미술관』『감수성 수업』등이 있음.

정재승 물리학자, 뇌과학자, 카이스트 뇌인지과학과 교수. 지은 책으로『시네마 사이언스』『정재승의 과학 콘서트』『열두 발자국』『내가 걸은 만큼만 내 인생이다』(공저)『십 대, 미래를 과학하라!』(공저)『질문이 답이 되는 순간』(공저) 등이 있음.

정지우 작가, 문화평론가. 지은 책으로『청춘 인문학』『분노사회』『인스타그램에는 절망이 없다』『우리는 글쓰기를 너무 심각하게 생각하지』『내가 잘못 산다고 말하는 세상에게』『사랑이 묻고 인문학이 답하다』『돈 말고 무엇을 갖고 있는가』등이 있음.

정혜윤 라디오 피디, 작가.「416의 목소리」「세상 끝의 사랑: 유족이 묻고 유족이 답하다」등 사회성을 띤 라디오 프로그램을 제작함. 지은 책으로『삶을 바꾸는 책 읽기』『사생활의 천재들』『그의 슬픔과 기쁨』『인생의 일요일들』『뜻밖의 좋은 일』『앞으로 올 사랑』『슬픈 세상의 기쁜 말』『삶의 발명』등이 있음.

조병영 국어교육학자, 한양대 국어교육과 교수. 지은 책으로『읽는 인간 리터러시를 경험하라』『읽었다는 착각』(공저) 등이 있음.

최선주 미술 연구자, 큐레이터. 지은 책으로『특이점의 예술』등이 있음.

최원형 작가. 잡지사 기자, EBS, KBS 방송 작가를 지냄. 지은 책으로『환경과 생태 쫌 아는 10대』『착한 소비는 없다』『라면을 먹으면 숲이 사라져』『왜요, 기후가 어떤데요?』『달력으로 배우는 지구환경 수업』『사계절 기억책』등이 있음.

홍민지 피디. 유튜브 채널「문명특급」연출. 지은 책으로『꿈은 없고요, 그냥 성공하고 싶습니다』『일잘잘: 일 잘하고 잘 사는 삶의 기술』(공저) 등이 있음.

홍종호 환경경제학자, 서울대 환경대학원 교수. 지은 책으로 『공존과 지속』(공저) 『코로나 사피엔스』(공저) 『기후위기 부의 대전환』 등이 있음.

작품 출처

고봉준 「인간은 동물의 동반자가 될 수 있을까」, 이선이 외 지음 『나는 반려동물과 산다』, 다산에듀 2020.

공선옥 「그 시절 우리들의 집」, 『자운영 꽃밭에서 나는 울었네』, 창작과비평사 2000.

공선옥 「말을 걸어 봐요」, 『좋은 생각』 2007년 9월호; 전국국어교사모임 엮음 『국어시간에 생활글 읽기 2』, 휴머니스트 2009.

김금희 「선의를 믿는 것의 어려움」, 『사랑 밖의 모든 말들』, 문학동네 2020.

김대식 「인공 지능과 친구가 될 수 있을까」, 책 읽어주는 나의서재 제작팀 『책 읽어주는 나의서재』, 넥서스BOOKS 2022.

김민섭 「어느 시대에든 인문학은 필요하다」, 『고등학교 공통국어2』, 창비교육 2025.

김상욱 「인간의 뇌와 인공 지능」, 『하늘과 바람과 별과 인간』, 바다출판사 2023.

김수아 「사회 참여와 인터넷 문화」, 『안전하게 로그아웃』, 창비 2021.

나희덕 「풀 비린내에 대하여」, 『저 불빛들을 기억해』, 하늘바람별 2012; 마음의숲 2020.

남성현 「더워진 지구에서 가장 위험한 것은 무엇일까」, 『2도가 오르기 전에』, 애플북스 2021.

박완서 「죽은 새를 위하여」, 『두부』, 창작과비평사 2002.

박준 「어떤 말은 죽지 않는다」, 『운다고 달라지는 일은 아무것도 없겠지만』, 난다 2017.

박찬국 「참된 친구란 무엇일까요」, 『이런 철학은 처음이야』, 21세기북스 2023.

송길영 「10년 후, 다시 부끄럽기를」, 『그냥 하지 말라』, 북스톤 2021.

신상규 「인공 지능 로봇의 도덕적 지위」, 신상규 외 지음 『포스트휴먼이 몰려온다』, 아카넷 2020.

신지영 「언어의 높이뛰기」, 『언어의 높이뛰기』, 인플루엔셜 2021.

윤여탁 외 「매체와 소통 문화의 변화」, 윤여탁 외 지음 『매체언어와 국어교육』, 서울대학교출판문화원 2008.

이동진 「영화 「업」 비평문」, 『영화는 두 번 시작된다』, 위즈덤하우스 2019.

이슬아 「당연하지 않은 부모」, 『날씨와 얼굴』, 위고 2023.

이정희 「슬기로운 엠비티아이(MBTI) 사용법」, 『고등학교 공통국어2』, 창비교육 2025.

이태준 「화단」, 『무서록』, 범우사 2003.

이호준 「일제 수탈창고, 예술의 산실로 변신하다」, 『나를 치유하는 여행』, 나무옆의자 2016.

장대익 「고래를 춤추게 하는 것은」, 경향신문 2022년 7월 19일.

장대익 「공감의 반경」, 『공감의 반경』, 바다출판사 2022.

장은수 「책을 왜 같이 읽는가」, 『같이 읽고 함께 살다』, 느티나무책방 2018.

정약용 「수오재기(守吾齋記)」, 박혜숙 엮고 옮김 『다산의 마음』, 돌베개 2008.

정여울 「우리에겐 꿈을 쉽게 포기하는 버릇이 있다」, 『그때 알았더라면 좋았을 것들』, 21세기북스 2013.

정재승 「나만의 지도를 그리는 법」, 『열두 발자국』, 어크로스 2018.

정지우 「문해력 위기의 또 다른 배경」, 『내가 잘못 산다고 말하는 세상에게』, 한겨레출판 2022.

정혜윤 「삶의 발명」, 『삶의 발명』, 위고 2023.

조병영 「가짜를 판별하는 능력 기르기」, 『읽는 인간 리터러시를 경험하라』, 쌤앤파커스 2021.

최선주 「예술하는 인공 지능」, 『특이점의 예술』, 스리체어스 2019.

최원형 「아무것도 사지 않는 날」, 『착한 소비는 없다』, 자연과생태 2020.

홍민지 「하기 싫은 일과 하고 싶은 일은 모두 한통속이다」, 김명남 외 지음 『일잘잘: 일 잘하고 잘 사는 삶의 기술』, 창비 2023.

홍종호 「탈탄소 경쟁력이 국가 경쟁력이 되는 시대」, 『기후위기 부의 대전환』, 다산북스 2023.

수록 교과서 보기

지은이	작품명	수록 교과서
고봉준	인간은 동물의 동반자가 될 수 있을까	창비교육(최원식) 1
공선옥	그 시절 우리들의 집	천재(김종철) 2
공선옥	말을 걸어 봐요	비상(박영민) 1
김금희	선의를 믿는 것의 어려움	비상(강호영) 1
김대식	인공 지능과 친구가 될 수 있을까	미래엔(신유식) 2
김민섭	어느 시대에든 인문학은 필요하다	창비교육(최원식) 2
김상욱	인간의 뇌와 인공 지능	지학사(김철회) 2
김수아	사회 참여와 인터넷 문화	미래엔(신유식) 1
나희덕	풀 비린내에 대하여	미래엔(신유식) 1, 지학사(김철회) 1
남성현	더워진 지구에서 가장 위험한 것은 무엇일까	해냄에듀(임광찬) 2
박완서	죽은 새를 위하여	해냄에듀(임광찬) 1
박준	어떤 말은 죽지 않는다	해냄에듀(임광찬) 2
박찬국	참된 친구란 무엇일까요	미래엔(신유식) 2
송길영	10년 후, 다시 부끄럽기를	창비교육(최원식) 2
신상규	인공 지능 로봇의 도덕적 지위	지학사(김철회) 2
신지영	언어의 높이뛰기	지학사(김철회) 1
윤여탁 외	매체와 소통 문화의 변화	지학사(김철회) 2
이동진	영화 「업」 비평문	비상(강호영) 2
이슬아	당연하지 않은 부모	창비교육(최원식) 1
이정희	슬기로운 엠비티아이(MBTI) 사용법	창비교육(최원식) 2
이태준	화단	비상(박영민) 1
이호준	일제 수탈창고, 예술의 산실로 변신하다	지학사(김철회) 2

지은이	작품명	수록 교과서
장대익	고래를 춤추게 하는 것은	미래엔(신유식) 1
장대익	공감의 반경	비상(강호영) 2
장은수	책을 왜 같이 읽는가	창비교육(최원식) 2
정약용	수오재기(守吾齋記)	창비교육(최원식) 1
정여울	우리에겐 꿈을 쉽게 포기하는 버릇이 있다	미래엔(신유식) 1
정재승	나만의 지도를 그리는 법	창비교육(최원식) 1
정지우	문해력 위기의 또 다른 배경	창비교육(최원식) 1
정혜윤	삶의 발명	창비교육(최원식) 1
조병영	가짜를 판별하는 능력 기르기	창비교육(최원식) 1
최선주	예술하는 인공 지능	동아(최두호) 2
최원형	아무것도 사지 않는 날	비상(박영민) 2
홍민지	하기 싫은 일과 하고 싶은 일은 모두 한통속이다	창비교육(최원식) 1
홍종호	탈탄소 경쟁력이 국가 경쟁력이 되는 시대	해냄에듀(임광찬) 2